JN063633

異世界転生した主人公
レン
お家騒動中の伯爵令嬢
ジークリンデ・
ゴルドベルガー

巡礼中の女神官
フリーダ
むっちり新人冒険者
エラ
セーラー服の魔法剣士
アリス

オーク似の大食い奴隷
クルト
元騎士のポンコツ奴隷
ヴァルブルガ

探知できなきゃ死んでいた

～異世界商人の冒険は危険でいっぱい～

きゅっぽん

ぶんか社

C O N T E N T S

面倒な貴族令嬢に絡まれました

俺の名はレン。今、異世界の酒場で昼飯を食べている。

メニューは木のボウルに入った干し肉と豆、蕪《かぶ》が入ったスープとやや雑穀の混じったパン、それと木製のジョッキに入った薄いビールだ。まだ昼だが、窓が小さいせいか店内は薄暗い。ちょっと油や酸っぱいものの匂《にお》いもする。多分ここはこの街一番の食堂なのだろうが、この世界ではこんなものらしい。

なぜ、ここが街一番の食堂かって？

街の真ん中なのと通りの目立つ所にあったからだ。


なぜ俺がこんな所にいるかというと、少し話は長くなる。俺は日本に住む日本人の二十代後半のソフトウェアエンジニアだった。残業で深夜に自宅アパート近くの狭い道を歩いていたところ、普段通らないような大型トラックが爆走してきて撥《は》ねられた。

一度、意識を失った後、白っぽい空間で目が覚め、姿の見えない女神様っぽい声に、手違いで死亡したので代わりに特典付きで異世界に転生するか、そのまま成仏するか選ばせてくれると言われた。異世界は魔法や魔物がある、いわゆる中世っぽいファンタジー世界だという。ネット小説のテンプレだ。転生しても魔王を倒せなどという使命はなく、好きに生きていいと言われたので、せっかくだし転生を選んだ。

なお、転生特典は十代後半への若返り、現地の言語・文字理解、それと内容がランダムで選ばれる恩恵だという。また、特典ではないが外見は今の日本人の面影を残しつつ、現地人種でもおかしくない外見に変更された。いいか悪いか分からないが、黒髪黒目のいかにもな転生者にはならなかった。

さらに現地の行商人の一般的な持ち物ももらった。

なぜ行商人かというと、特典で戦闘系の恩恵が得られなければ日本にいた時と同じ技術しかないので、武装しても見掛け倒しになるし、転生後は中規模の一般的な街の外に現れるらしいが、街の外から徒歩で、しかも一人で来る一般人で怪しまれない者といえば、行商人くらいしかないかららしい。

服装は綿の長袖シャツと膝下《ひざした》ズボン、革靴、フード付きマントで、鞄《かばん》などと針や糸などの目立たない少量の商材と少量の現金も一式もらった。

あと鎧《よろい》はないが、一応手槍《てやり》と短剣も一本ずつ持っている。これくらいの武装なら徒歩の行商人でも普通の事らしい。

そして転生後、俺は遠くに街が見える街道に移《うつ》された。現地にいる事を認識した時、頭の中にあの女神っぽい声が聞こえ、どうやら『探知』という恩恵を得たらしい。どういうものか説明はなく、また女神の声が聞こえるのもこれで最後らしい。そして、ありがちなステータス閲覧とかはできなかった。

俺は街まで歩き、中に入った。街に入るには別に身分証とか通商券とかは不要で、入市税もなかった。ただ、俺の前に入ろうとしたゴロツキっぽい男たちは締め出されていたので、身なりで判断しているらしい。それから俺は街の真ん中の大通りを歩き、とりあえず飯という感じでこの店に入り、今に至る。

一応、考える時間とかはあったので、今の俺は冷静でいられているが、途方に暮れているといえば、途方に暮れている。温《ぬる》いビールを飲みながら、今後の事を考える。多分、手元の現金と商材で半年はなんとかなる。だが、その後の目途《めど》は何もない。

ラノベで異世界転生した主人公達は、冒険者になって魔物と戦ったりしているが、俺にはとてもできそうにない。格闘技といえば高校の授業でやった柔道くらいしか経験はないし、武器になりそうな物などバットくらいしか振った事がない。『探知』の恩恵はまだ正体がよく分からないが、きっと直接的に戦闘能力を上げるようなモノではないだろう。魔物退治をあえて現実に当てはめれば、外国のジャングルに行って槍一本でワニを狩るようなものだろうか。絶対嫌だ。

となると異世界転移で非戦闘系の定番の一つ、商人はどうだろうか。現代知識で大儲《もう》けなんて話もあるが、現地人だって馬鹿《ばか》じゃないのだから、やらないのにはやらない理由があるのだろう。ハンバーグは軟らかすぎて現地人の口に合わないとか、マヨネーズを始めとする生卵系は食中毒のリスクとか、カレーは香辛料が手に入らないとか。あるいは、商人や貴族のアドバイザーみたいな事をやろうにも、どこの馬の骨とも知れない若造なんて信用もなく話も聞いてもらえないだろう。

とはいえ就職してからずっとデスクワーカーをしていた俺が、異世界まで来て農夫とか鉱夫とか地味でキツそうな肉体労働なんて続けられるとも思えないし、したくもない。比較的近い職種といえば職人かもしれないが、鍛冶《かじ》師とか皮なめし職人とかにソフトウェアエンジニアの知識なんか役に立ちそうもないし、キツい肉体労働という点では農夫とかと一緒だろう。

そう考えれば、結局身なり通りの行商人もいいかもしれない。儲けは薄くともあちこち回るうちに、現代知識を応用できそうな「金のなる木」を見つける事ができるかもしれないし、何より身軽で戦争とかヤバい領主とかから逃げ易《やす》いだろう。それにせっかく異世界に来たんだから、地球になかった物とかも色々見てみたい。

そういえば昔、エンジニアのような二次産業の業界や一次産業に従事する生産者よりも商社や銀行に勤めた方が、収入が多そうなのはなぜかと考えた事があった。理由は極めて簡単な理屈で、同じ才能の人間がいい物を作ろうと一生懸命になった場合と儲けようと一生懸命になった場合、いい物を作れるのは前者で儲かるのは後者という、順当な結論に至った。


仕事が嫌いだった訳ではないが、どうせ働くなら高い給料をもらっていい生活がしたいと考えた俺は、物に近い作り手よりも、金に近い仕事をすればと考えた。異世界で商人というのは、あの時のもしもをやり直すいい機会かもしれない。

ふと、昔読んだ本、「ゲームの超人」だったか、を思い出したが、確か主人公はアフリカでダイヤモンド鉱床を見つけて億万長者になる。まあ、シンドバッドの話のようなものだが、俺だってこの異世界ならファンタジーな商品で大儲けして、でっかい屋敷と美人の奥さん、多くの使用人を抱えてなんて夢を目指してもいいのではないか。そうだ商人をやろう。

妙に蒸す酒場の片隅で、そんな妄想に思考が逸《そ》れていっていた時、その女の高慢そうな声が聞こえてきた。

「ふん、もうちょっとマシな店はないのか。変な臭《にお》いもするし、ごちゃごちゃと汚い。こんなんじゃ大した食事が期待できそうにないな」

俺が入り口に目を向けると、騎士っぽい男数人を先頭に金髪縦ロールのお嬢様がこの酒場に入ってきた。縦ロールなんて二次元の女の子や名古屋《なごや》のお嬢様をネットで見たくらいで、生では初めて見たぜ。

「申し訳ありません、お嬢様。しかし、このような街道の途中では、これが精一杯でございます」

執事っぽい壮年の男が、土下座をしそうな勢いで詫《わ》びている。店の中にはお嬢様と執事の他に、騎士が五人、メイドが二人。入り口の外に御者か下働きっぽいのが三人、全員で十二人か。お嬢様は高慢そうだし、関わりたくないな。

俺は目を合わせないよう、下を向いてスープの中の干し肉を口に放り込む。お嬢様達はドカドカと酒場に入ってくると、酒場の半分以上を占拠して食事を始めた。お嬢様は先ほどの執事同様、凄《すご》い剣幕で酒場の主人や給仕の女の子の事を叱《しか》りつけている。嫌だ、関わりたくない。こっそり他の客の様子を見渡す。他の客もお嬢様達からは目を逸らしている。

ん？

なんだか店内に不穏な空気が漂っている。一、二、三、……、十人。まだ、店内の男達は武器を抜いた訳ではなく、淡々と食事を続けているが、明らかにお嬢様達を狙っている。あれ、中立勢は俺の他、給仕の女の子と、お爺《じい》さん一人と商人っぽいおじさん二人だけ。店主も襲撃側か。なんかこの勢力図が分かるのが、俺の『探知』スキルっぽい。特に何も意識しなくても分かるのは、ゲームで言うパッシブスキルという奴《やつ》か。お嬢様達はまだ気づいてない。

うへっ、逃げてぇ～～。でも、今出たらめちゃくちゃ怪しいよな。っていうか、俺が動いたらそれがトリガーとなって戦いが始まりそう。

俺は息を潜める。脱出経路は二つ。騎士達と、襲撃者の間を通り抜けて入り口まで駆け抜ける経路が一つ。戦いが始まれば激戦が繰り広げられそうだ。もう一つは、カウンターを越えて、店の奥に入り、裏口から抜ける経路。こっちの方が距離は短いが例のお嬢様のすぐ横を通る事になる。下手に近づくと襲撃者の一味と間違われ、攻撃される可能性がある。なんでだよ。いきなりピンチじゃねえか。

そんな事を考えていたところで、お嬢様が店の食事に文句を付ける声が聞こえ、それに襲撃者が

立ち上がる。

「ふん。やっぱり、こんな街じゃ、こんな物か」

「おいおい、どこのお嬢様か知らねぇ～が、よそ者が人の街の飯にケチ付けるんじゃねぇ～よ」

襲撃者の一人が立ち上がり、お嬢様へと近づく。まだ武器は抜いていないが、騎士達が立ち上がり行く手を阻む。

「この下賤《げせん》な輩《やから》がぁ。それ以上、お嬢様に近づけば斬り捨てるぞ」

それに呼応するように他の襲撃者達が立ち上がる。

「なんだと、よそ者が偉そうにしやがって」

「そうだ、そうだ」

上手《うま》いな。まだ、騎士達は男達が最初から殺気満々で殺しに来ているわけではなく、喧嘩《けんか》のつもりだと思っている。男達は十分近づいてから抜刀するつもりなのだろう。一部の男達は難を逃れようとするフリをして回り込もうとしているし。

「この野郎ぉ～～～」

「貴様《きさま》ぁ～～～」

ああ、始まっちゃった。俺は、う～～～ん、入り口までの経路は危険だし、裏に逃げるのはお嬢様の横を通る時が危険そうだし。

あっ、今一瞬、お嬢様と目が合っちゃった。

やべぇ～～～、思いっきり目を逸らしたから凝視されてる。どっちも今逃げるのは危ないから、壁際に寄って大人しくしよう。

お嬢様はメイドと執事にガードされて部屋の隅へと下がり、騎士達がその周囲で襲撃者と斬り合っている。騎士は奮戦しているが、一人につき襲撃者二人が取り囲んでいるので簡単には勝負が付かない。入り口の方からも物音がするので、あっちにはまだ仲間がいるのだろう。お嬢様が部屋の隅に下がったので、このタイミングならカウンターを乗り越えて裏口から逃げられそうか。よっし、行くぞ。

「ひぃいぃぃぃぃ～～～、俺は関係ねぇ～～～。逃がしてくれぇ～～～」

わざと情けない声を上げて、手を上げて裏口へ走り込む。

「貴様、動くなぁ～～～」

騎士の一人が俺に制止の声を上げるが、襲撃者に阻まれて動けない。襲撃者達は俺を確認するが、進路を確認して無視することに決めたようだ。

「ガハッ」

あっ、俺を制止しようとした騎士が斬られた。騎士の陣が崩れ、一部の襲撃者がお嬢様へと殺到する。

「きゃぁぁぁ～～～っ」

悲鳴を上げたのはメイドだ。やべぇ、今崩れると、俺の逃走経路が塞《ふさ》がる可能性がある。一気に行かなくては。

「ぐほっ」

今のは俺の声だ。俺はカウンターを乗り越えようとして、メイドの間を潜《くぐ》り抜けて迫ったお嬢様に掴《つか》まれ、カウンターから引き落とされた。俺は急いで周囲を見回し、お嬢様を下から見上げる。

「な、何をするんだ。俺は関係ねぇぞぉ」

「おい、商人。お前は私の盾になれ」

襲撃者が近づく中、俺の傍《そば》では口角をやや吊《つ》り上げながら冷たい目で俺を見下ろすお嬢様が、しっかりと俺の鞄のベルトを握っていた。嫌だぁ〜〜、逃がせよぉ〜〜〜。俺は関わりたくないのに、この女自分から絡《から》んできやがった。

「は、放せよぉっ⁉」

咄嗟《とっさ》にお嬢様の手を振り払おうとしたが、それよりも先に背後から襲撃者が剣を振り下ろそうとしたのが分かる。やべぇ。お嬢様に抱き付くように飛び掛かって、そのまま横に転がる。別にお嬢様を助けたい訳ではないが、振り下ろされる剣から逃れようとしたら、そうなった。

「ふぁっ」

お嬢様から変な声が出た。ちょっと色っぽい。というか、俺は床にお嬢様を押し倒し、割と大きな胸の間に顔を突っ込んでいた。ちょっと汗の臭いも混じるが、何かクラっとするようないい匂いもする。だが、そんな感触やら匂いやらを堪能している時間はない。後ろから振り下ろされる剣が二本に増えた。おい、騎士もっと頑張れよ。さらに、お嬢様の背中に腕を回して転がる。あっ、襲撃者が二人倒された。ちょっと、騎士側が優勢になってきたか。俺の横に振り下ろされた剣が、酒場の床板をバキリと粉砕する。あっぶねぇ～～～。

俺はお嬢様の腰のベルトに手を掛けると、自身も這《は》うようにしながらお嬢様を引き摺《ず》ってカウンターの後ろに回り込む。俺はカウンターを盾にして、棚を背にして体を起こす。俺の隣では、そのドレスの裾《すそ》に引っかき傷を作って恨めしそうに見ているお嬢様が横たわっている。カウンターの陰になっていても、『探知』スキルで襲撃者がカウンターを回り込もうと動いているのが分かる。俺は手近にあった酒瓶を襲撃者に向けて投げる。俺は別に遊び以上に野球をやっていた訳ではないが、たった一メートルちょっとの距離でタイミングも分かっていたので、カウンターから顔を出した襲撃者の顔面に酒瓶を直撃させられた。

「ぷっ」

それを見たお嬢様が、小さく笑った。おいおい、結構余裕あるなあぁ。こっちは巻き込まれてすげぇ～～～、迷惑してるのによ。俺は頭を起こしたお嬢様の顔面を掴んで、床へと引き摺り倒す。

「何をっ」

ズブリ。

お嬢様が怒りの形相で上を向くと、そこにカウンターを貫通した剣先がお嬢様の頭があった空間を貫いた。襲撃者がやみくもに突き刺したのだろう。そのまま、お嬢様を引き摺ってカウンターの中を横に移動する。さらに剣先が三度突き刺されたが、断末魔の声が上がってそれも止《や》んだ。どうやら騎士達がやっと襲撃者を制圧したようだ。俺はゆっくりと頭を上げて起き上がる。お嬢様も俺の鞄のベルトを掴んだまま、立ち上がって酒場の中を見回した。


「お嬢様、ご無事ですか」

「この馬鹿者ども！　お前たちが間抜けなせいで、私の髪が乱れたではないか」

え、服も裂けてるけど、それより髪なの。

「無礼者。貴様、この下民風情が。お嬢様に死んで詫びよぉ～～～」

「うわっ」

俺がそっとお嬢様から離れようとすると、それに気づいた騎士の一人が俺に斬り掛かってくる。何度も言うが俺は武術の心得なんかないので、見切ってギリギリで避《よ》けるなんてできない。よって不必要でも大きく飛び退《の》いて躱《かわ》した。

「ええい、避けるな馬鹿者」

あっ、こいつ最初に崩れた騎士だ。顔を見ると騎士の中では一番若く、今の俺と同じ十代後半くらいに見える。自分のミスを隠す為《ため》に、イキってるのか。とばっちりはムカつくが、多分こいつらに行商人が逆らっちゃダメなんだろうなぁ～～～。ちょっと面倒くさいがしょうがない。

「ひぃいぃいぃ～～～、お助けを～～～」

俺は大げさに、恐れ戦《おのの》いて見せた。

「止めんか、馬鹿者はお前だ」

ぶん。ごき。

「かはっ」

さらに俺に近づこうとする若い騎士だったが、横合いから歩み寄ってきたお嬢様に、棒で頬を殴られた。カウンターにでもあったのか、麺棒《めんぼう》のような木の棒だ。あっ、きっと頬骨が折れたな。騎士が頬を押さえて蹲《うずくま》る。

怖《こ》ぇ～～～。やっぱりこのお嬢様、近づきたくねぇ～～～。

と、その時、窓の外からお嬢様に向けて矢が飛んでくるのに気づいた。まだ、屋内にすら達していないのに気づいたのは、これも俺の『探知』スキルのお陰だろう。俺はまた、すぐ近くにいるお嬢様に抱き付いて押し倒した。

「きゃっ」

「きさみゃぁ～～～」


とん。

お嬢様が可愛《かわい》らしい声を上げ、頬を殴られた騎士が嚙《か》みながら激高した時、お嬢様の近くに矢が突き刺さる。やっべ～～～、咄嗟に庇《かば》ったけど、今の見逃しても良くねぇ？

いや、お嬢様が死ぬと騎士が俺を斬ろうとするのを止めてくれる人がいなくなりそうだから、仕方ないか。それを見て、騎士の一人が外に走り出した。ややあって、騎士が外の射手を斬り倒したのが分かった。あの騎士走るの速《は》ぇ〜〜〜な。ふにふに。あ、またお嬢様の胸に顔を埋《うず》めてる。もっと堪能したいが、命が懸かっているので素早く身を離す。

「んっ」

偶然を装って、ちょっと鼻を胸の先っちょに引っ掛けるようにして身を離したのは、きっと許されるだろう。

□

お嬢様一行は傷ついた騎士達の手当てを終え、事が終わってから駆け付けた街の兵士達と何か話している。俺はまだ「待っていよ」の一言で酒場の隅で待たされている。時々、あの若い騎士がめっちゃ睨《にら》んでいるが、麺棒が怖いのか絡んでこない。もう日が暮れそうだが、まだ放してもらえないのだろうか。うんざりしていた俺にやっと声が掛かった。お嬢様から直接にだ。

「さて商人、待たせたな。先ほどは助かったぞ。褒美に私の供をする事を許そう」

はあぁ？

馬鹿じゃないの。なんで褒美が労働なんだよ。そこは金だろう。もしくは貴族家の女子は命を助けられた相手に、体で返さなければならないというような家訓はないのか。当然、騎士達や執事からも反論が上がる。

「お嬢様、こんな襲撃があったばかりで、そんなどこの馬の骨とも分からない者を」

「そうです。褒美には銀貨の数枚も渡せば十分です」

そうだ、そうだ。俺もお前と一緒なんて嫌だ。金の方がいいぞぉ～～～。

「恐れながら、私はしがない行商でして。

とても貴女《あなた》様のような高貴なお方のお供など、恐れ多い事です。

どうかお許しください」

「ほう、お前は私に逆らおうというのか」

お嬢様がネズミをいたぶる猫のような表情をする。怖ぇ～～～。逃げてぇ～～～。

「とんでもございません。ただ私なんて、剣の腕もなく、知識もなく、礼儀《れいぎ》も心得ていませんので、とても貴女様のお役に立てそうもないと存じますが…」

「外から飛んできた矢を避けられるのに、ただの商人だと言うのか。あのボケナスどもよりよっぽどマシだと思うがな」

「たまたま見えただけで、ございます」

ボケナスと言われた騎士たちの、俺に対する視線がすげぇ～～～冷たくなっている。っていうか殺気立っている。なんで、このお嬢様は人を煽《あお》るの。そういう病気なの。

「平民が貴族の女子に触れるのは死罪でもおかしくないのだが。知っておるのか」

この野郎ぉ～～～。後ろで騎士達が剣を抜いている。

「そ、それはお嬢様のお命が懸かっておりましたので、失礼ながらお守りした次第でして……」

「私の供をすると言うなら見逃してやっても良い」

チーーーン。終了。

「私で良ければ、喜んで」

それを聞いてお嬢様は満面の笑みを浮かべた。だって、そう言うしかないだろう。何これ。何これ。強制イベントなの？

逃げられないの？

□

俺はこの街で冒険者ギルドに行き、冒険者登録し、最下位のFランク冒険者となった。商人ギルドではなく、冒険者ギルドだ。詳細は省くが全てお嬢様の指示だ。そしてその場でお嬢様の出した、この街から王都までの護衛依頼を引き受けさせられた。

普通、貴族から登録したてのFランク冒険者に指名依頼が来ることはないらしい。だが冒険者登録も指名依頼も、全てお嬢様の指示で行われ誰も異論を挟む事ができなかった。冒険者ギルドは国を跨《また》いだ組織らしく、途中で逃げたりすればこの国からだけでなく、かなり遠方まで逃げなければいけなくなる。これにより俺はガッチリお嬢様に縛られる事になった。明確に命の危険がある仕事に強制従事というのは、ブラック企業よりも酷《ひど》いのではなかろうか。

全《まった》くなんで俺なんだ。おっぱいに顔を突っ込んだから、デレたのだろうか。いや、デレてない。お嬢様の俺を見る目は、満腹の猫がネズミを見つめるような目をしている。生かすも殺すもお嬢様次第。ここで勘違いしたら、物理的に首が飛ぶ。なんでこんな事になったんだか。異世界転生直後の強制イベントで選択権なしって、結構珍しいんじゃないだろうか。せめてお姫様を助けますか、というような選択肢が欲しかった。いや、終わった事をアレコレ妄想しても仕方ない。まずは生き残る事を考えよう。ふう。


俺の雇い主たるお嬢様は、ジークリンデ・ゴルトベルガー。ゴルトベルガー伯爵の三女。自領から王都にいる父に呼ばれて向かう最中らしい。襲撃者の心当たりは、お前が知る必要はないそうだ。王都まではあと十日の距離らしい。そこまでお嬢様が無事辿《たど》り着けば、俺は金貨十枚（日本円で百万円相当）の報酬がもらえる。

高ランク冒険者ならそうでもないのかもしれないが、Fランクで十日で金貨十枚は結構高額である。あの一番若い騎士、名前をアルノー君というらしい、が「こんな下民に」と言っていたが、お嬢様に麺棒で殴られていた。アルノー君はきっとMなのだろう。まあ、今日の襲撃を見れば、きっとお家騒動か何かでこれからも襲撃が確定しているから、危険手当的な意味で高いのだろう。なぜ、どこの馬の骨とも知れない商人を護衛に付けるか疑問はあるが。

俺はお嬢様に、攻撃力皆無なんですが、とはっきりと訴えたが、今はそれを後悔している。王都までの道中、時間があれば騎士に訓練《しごき》を付けられる事なった。口は災いの元だと思う事しきりである。

□

あれから七日経《た》った。

俺はお嬢様と同じ馬車の中で小さくなって座っている。席はやや小さめの三人シートが向かい合わせになっている。進行方向を向いた窓側の席で、隣にお嬢様、反対側に年少メイドのコジマちゃん。進行方向逆側には俺の正面に執事のクリストフさん、真ん中に年長メイドのドーリスさん、俺の対角線上に女性騎士のエルネスタさんだ。エルネスタさんは短髪のボーイッシュな人で、身長も男並みに高く、あの襲撃時には俺は男だと思っていた。でも、声だけは意外に高く可愛らしい。例えるなら厳《いか》つい女子バレーボール選手がアニメ萌《も》え声で喋《しゃべ》るようなものだ。

いやそれよりも隣がお嬢様なのだ。貴族女子に平民が触れれば死刑の世界である。俺は極力触れないように小さく、体を傾けて薄くなる努力をしているが、それでもシートは三人で座るにはちょっと狭い。当然、お嬢様は遠慮などせず真ん中にドッカリと座っている。必然、俺の肘とかにお嬢様の柔らかい二の腕とかが触れる訳で、俺は気が気でない七日間を過ごしている。しかもお嬢様は、それに気づいた上で無視を決め込み、時々暇になるとわざと座り直して俺の反応を見て遊んでいる。神経が摩《す》り減らされる。

この七日間、人間の襲撃はなかった。人間はと言うのは、野獣や魔物の襲撃があったからだ。一度目は森の中で野営している時に、狼《おおかみ》の群れに襲われそうになった事だ。別段、街道を外れて森に入った訳ではなく、街道が森の中を通っていたから森の中で野営する羽目になったのだ。

しかし、狼の群れは規模が小さかった。『探知』スキルでそれを察知した俺は狼が俺達を取り囲む前に、騎士のリーダーのバルナバスさんに狼の接近を知らせた。それを聞いたバルナバスさんが、半信半疑ながら部下を狼の群れに向かわせると、それを悟った狼の群れは戦う事なくすごすごと引き下がった。なかなか賢い生き物である。

そして二度目も森の中の野営中だったが、襲ってきたのは狼よりも馬鹿な生き物だった。それはゴブリンだったという。まさにゲームの序盤でよくお世話になっていた雑魚《ざこ》敵であるが、目の前に来る前に倒されたので俺は目にする事ができなかった。これも狼と同じように、近づかれる前に俺がバルナバスさんに居場所を知らせ、騎士達が掃討《そうとう》した。

ゴブリンは弓を持っていたようだが、逆奇襲を掛けられて構える暇もなく乱戦に突入し、イキり立って抗戦したところ敢《あ》え無く討ち取られている。夜の森という不利はあったが、結局ゴブリンもある程度近づかなければ、木が邪魔で弓を射れず、焚火《たきび》の火に照らされる森の中、逆側から迂回《うかい》して近づいた騎士に気づかないうちに近寄られ……という具合である。

二度の襲撃を察知した事で、バルナバスさんからは「なかなか便利な平民」と見られたようで、最初の侮蔑《ぶべつ》するような態度はだいぶ薄れてきている。逆にアルノー君からは嫉妬《しっと》されて敵意が強まっているようではあるが。

ちなみに野営中、俺は槍の素振り百回をノルマとして命じられている。打ち合い等は大きな音が出て敵を引き寄せるかもしれないし、「私が扱《しご》いてやりましょう」などと言うアルノー君に任せれば命も危ない。第一、槍の素振り百回がなかなか達成できないのだ。まずは体作りということで、なんとかお嬢様には納得してもらった。

これは俺にとっては結構意外な事だった。俺のお嬢様のイメージは、この護衛中に一端《いっぱし》の戦士になりなさい、とか平然と無理を押し付けるイメージがあったからだ。口では無茶苦茶を言っているようで、意外と人を見て無理のない範囲で指示を出しているのだろうか。だとしたら、結構優秀なのかもしれない。

馬車は七日目の午後に入り、夕暮れ前には森を抜けて次の街に着くという所まで来ていた。馬車の中は和気藹々《わきあいあい》とした雰囲気で、俺はこの七日でお嬢様やメイドさん達とすっかり仲良くなれた、なんて事はなかった。厳然たる身分差のある社会のせいか、メイドや執事とお嬢様の会話も俺から見て余所余所《よそよそ》しいと思えるほどだった。

ここ数日で俺の『探知』スキルを目の当たりにして、俺に興味を持つかと思ったが、「田舎の行商をしていると、野山《のやま》の獣や魔物の気配に敏感になるんですよ」と言えば、「然《さ》もありなん」といった風情でそれ以上詮索《せんさく》される事もなかった。俺的に俺の『探知』スキルの有用性は、ほとんどチートなのではないかと思っていたが、この世界にはこれくらいの能力者は結構いるのかもしれない。

互いに余所余所しく、俺の話にも興味を持たれないという状況で、じゃあ馬車の中でなんの話をしているかと言えば、執事からお嬢様へこれから向かう王都の貴族の情報の伝達がほとんどであった。どこそこの貴族に何人子供がいるとか、どんなワインの銘柄が好きかといった情報は俺には興味のないものだったが、それぞれの貴族の所領の位置や地名、特産などの情報は、俺がこの世界を知る上で大いに役立ち幸運だったと言えるだろう。

だがこの日、馬車の中で非常に剣呑《けんのん》な言葉が聞こえた。

□

「お嬢様、いよいよ亡者の門です」

亡者の門。何それ。滅茶苦茶不穏なワードなんですが。

「そうか、いよいよだな。レン、お前もよくよくその目と耳を研ぎ澄ませておけ」

え、俺？　そもそも、それ何？

「なんだレン。お前は亡者の門を知らんのか」

「すいません、田舎ばかりを回っていて、こっちに来たのは初めてなんでして」

「仕方ない。クリストフ、こいつに教えてやれ」

「はい、お嬢様。レン、亡者の門というのは……」

俺が不安そうな顔をしていると、お嬢様が俺の正面に座る執事のクリストフさんに教えるように言ってくれた。

簡単に言うと亡者の門というのは、別にアンデッドモンスターの巣窟とか、冥界と繋《つな》がっているワームホールとかではなく、もっと単純に道が蛇行し崖が張り出した森の中で、襲撃のベストポジションとなっている場所の事らしい。なんでそんなに物騒な名前かというと、あまりにも襲撃に適した場所で、何百年も前からそこで無数に襲撃が行われ、誰もがその亡骸《なきがら》を弔う事すら諦《あきら》めるほどにあまりにも多くの亡骸が埋もれているからだという。

普通、特に貴族はここを迂回するのだが、お嬢様にはここを通ってでもどうしても、どうしても王都に行かなければいけない用事があるらしい。

「ああ、なるほど。いますね。五十人、いえ四十九人かな」

「ふむ、やはりいるか。クリストフ、馬車を止めよ」

馬車が止まると、すぐにバルナバスさんが近づいてくる。俺は敵の位置をバルナバスさんに説明する。

「向こうの森の中に七人と五人。それからあちらの崖の上に五人と三人、反対の崖の上にも六人と三人。奥の右手に四人と三人、左手に八人、さらに奥に五人いますね」

「なるほど、手前にいる者達は一旦我らを通し、奥の十五人が足を止める。そこで崖の上から矢を射かけ、手前の十二人が後ろから挟撃。という事は……」

バルナバスさんの立てた作戦は各個撃破《かっこげきは》。馬車はクリストフさんとメイド、御者達に任せ、あの街で最後の射手を倒した足の速い騎士フリッツさんが左手から回り込み、お嬢様達も含めた残りの全員で右手側から回り込む。森に伏せた襲撃者と崖の上の射手を倒しながらに奥へと進み、最後に奥の襲撃者をフリッツさんと合流して倒す。

そして作戦は始まった。

□

「な、なんだお前達は」

森の中にいた襲撃者は、後ろから近づいてきたバルナバスさん達に驚愕《きょうがく》し、動きが止まったところをほとんど反撃もできずに斬り倒されていった。

余裕っすね。俺がそう思っていると、バルナバスさんにどやされた。

「レン、次だ。早く指示しろ」

「あっ、はい。あの、あそこの崖の中腹に張り出した岩陰に六人です」

「よし、アルノー、エルネスタ、裏から崖を登るぞ。レンとギードはここでお嬢様達の護衛だ」

そう言うとバルナバスさん達が崖を登っていく。ちなみにギードさんっていうのは、中年の騎士でなんというか一番特徴のない人だ。この人は…、って考えているうちにバルナバスさん達が帰ってくる。


ピーーーッ。

ピーーーッ。


甲高い笛の音が二度周囲一帯に響き渡る。崖上の次の三人にはさすがに気づかれたか。

「レン、森の奥の者達に動きはあるか」

「はい。前へと出てきました」

「ならば…、お前達は崖の下で待っていよ。うぉおおおおっ」

それだけ言うと、バルナバスさんが次の崖に向けて駆け出す。て、テンション高いなぁ～。熱い男って感じだぜ。すると今度は、ギードさんが鏡を出し背後の馬車へと合図を送る。

これは馬車に残ったメンバーと別れる時に決めていた事だった。もし予定通りに進まなかった場合、馬車が前進し注目を集める。これによってクリストフさん達は危険に晒《さら》されるが、お嬢様を守る為に全員覚悟している事だった。


「では、お嬢様。行きましょう」

「うむ」

ギードさんの号令で皆が早足で進むと、崖の上で三人の射手を倒したバルナバスさんが下りてきて言った。

「よし、それではフリッツと合流するぞ」

俺達が街道近くに戻った時、これまでの伏兵のような装備がバラバラの者ではなく、装備の整った騎士と思われる集団が馬車を取り囲んでいた。馬車の扉が壊れ、車輪は脱輪し、その周囲には御者達が傷つき倒れている。

「馬車にはジークリンデはいないぞ。早くコイツを倒して探すんだ。恐らく右手の森の中だ」

「だが、コイツは瞬足のフリッツだぞ」

「はっ、速い。速すぎる。化け物か」

なんかそこではフリッツさんが無双していた。なんすか、その瞬足って。しかしさすがのフリッツさんも、包囲されていると止《とど》めを刺す前に後ろから斬り付けられるので、決め切れずに背後の対応をしたりで膠着《こうちゃく》していた。

それにしても、一人で俺達より早く（俺達の進行方向から見て）右手の敵を殲滅《せんめつ》して、街道まで辿り着いたのか。すげーな。

「おい、フリッツ。動くな。動けばコイツの命はないぞ」

「きゃっ、きゃぁあっ」

馬車から敵騎士が年少メイドのコジマちゃんの腕を掴み、その首に短剣の刃を当てて出てくる。

「好きにしろ」

それでもフリッツさんは止まらなかった。

「な、きちゃま、婦女子を見捨てるとは、騎士の風上にも置けない奴め」

敵騎士は動揺したのか、声が裏返って噛んでいる。しかもハゲのおっさんが噛んでもどこにも需要はないぞ。人質取ってるヤツが騎士の風上とか言うし。フリッツさんはもはや言葉を返す事なく戦い続ける。


「レン。敵はこれで全部か」

十分に近づいた所で、バルナバスさんが俺に小声で聞いた。

「はい。さらに奥の五人も近づいてきてはいますが、警戒しているのかそれほど速くはありません。近くにいるのは見えているだけで全部です」

「よし」

それだけ聞くとバルナバスさんは、森の中から馬車を包囲する騎士達をさらに半包囲するように、ギードさん達に指示を出す。そしてそれが完成すると騎士達の背後から強襲した。


「行くぞぉーーーっ」

大声を上げ、突撃するバルナバスさん。それに呼応するように声を張り上げるアルノー君。ギードさんとエルネスタさんは無言で突撃する。まあ、男と見間違うような厳つい顔したエルネスタさんが、アニメ萌え声で「おうぅぅ」とか言ったら気が抜けるもんね。俺とお嬢様は森の中からそれを見守る。

「何ぃ、後ろからとはなんと卑劣な」

さっきからコジマちゃんを盾にしている騎士が煩《うるさ》い。なんかアイツ、腰が引けてるし、中年ビール腹だし、なんというか偉そうだけど弱そうだよな。手柄を挙げたくて現場指揮を買って出たけど、思ったような楽勝で進まなくて焦っているんだろうか。

「アレは樽鼬《たるいたち》ヒエロニムスと呼ばれている騎士だ。ふん、相変わらず煩ぃ奴だ」

お嬢様が俺の隣で鼻を鳴らす。

「樽鼬？」

「見た通りだ。ビール樽のような体に、鼬のようなセコさ。自分は動かずに手柄ばかり騒ぐ鬱陶《うっとう》しい男だ。インメル子爵の次男でな。はっきり言って能力に乏しく信用の置けない男だ。子爵家でも役職をもらえそうもなく、兄上の腰巾着をしている。そのくせ使用人達や市井《しせい》の者には横柄に振舞うので嫌われ者なのだよ」

うわぁ～～～、嫌われ上司の典型みたいなヤツだな。っていうかやっぱり兄と殺し合いをしてるって、お家騒動な訳ね。ゴロツキやら傭兵しか姿を見せないうちは黙っておくつもりだったけど、騎士が姿を現したらもう隠せないと思って言っちゃったのかな。どうせ俺も後で処分するつもり、とかないよね。俺、結構お嬢様の為に頑張ってるよね。

「わ、私には貴族様方の事はよく分かりませんので、耳と口は塞がせていただきます」

「うむ。お前はなかなか弁《わきま》えているようだな」

正解か。正解だよね。もちっとゴマを擂《す》っておいた方がいいか。

「ぐふッ」

「やっ」

あ、同時ではないけど、アルノー君とエルネスタさんが負傷して脱落、劣勢だな。十五対五だったからね。でも、加勢してからはフリッツさんが五人、バルナバスさんが三人、ギードさんが地味に一人倒してるから、今は六対三いや五対三だね。ヒエロなんとかは、コジマちゃんの腕を掴んだまま動かないから、敵からも味方からも無視されてるし。

いや味方からは罵声《ばせい》を浴びているが、戦うのは自分の仕事じゃない的な事を言っている。管理が仕事なんだってヤツか。あっ、執事のクリストフさんに後ろから殴られて伸《の》びた。何やってんの。

いざという時は俺も前線に出ないとかなと思ったりもしたけど、フリッツさんとバルナバスさんが馬鹿強いから大丈夫そうかな。倒れたアルノー君やエルネスタさんも止めを刺されそうな感じはないし。なんだか殺し合いをしてるんだけど、騎士同士だと止めを刺すまでしないで済ますのか。同じ家に仕えたり、同じ派閥の家だったりするから、どっちが勝っても負けた側は口を噤《つぐ》んで勝者に従う感じだろうか。騎士の育成コストってスポーツ選手並みに高そうだしね。

あれ、それだと俺は負けた時、殺されるパターンか。ノーコストだしね。ヤバイ。フリッツさんとバルナバスさん、ついでにギードさんも俺の為に頑張ってくれ。それにしてもエルネスタさん、悲鳴も可愛いなぁ。何か下の方でピクリと。と、俺がそんな馬鹿な事を考えてるうちに、奥にいる五人が近づいてきた。もう十五分くらい戦っているしね。

「バルナバスさん、奥の五人が来そうです」

俺がそう言うとバルナバスさんは最後の一人を斬り捨ててから顔を上げた。さすがに皆、肩で息をしている。

「そうか。クリストフ、アルノーとエルネスタの手当てを」

バルナバスさんの指示でクリストフさんとメイドさん達が、アルノー君とエルネスタさんに肩を貸して後ろに下げ、手当てを始める。俺も手伝おうかと思ったけど、お嬢様の傍を離れるなと言われたので、棒立ちで見守っている。

その後すぐに街道の奥から五人の騎士、いや一人は魔術師か、が現れる。その前に立ちはだかるバルナバスさん達三人。あれ、俺のすぐ横から何か聞こえるぞ。なんだ、呟《つぶや》き、囁《ささや》き、それとも詠唱？

「ふはははは、よくぞ四十人以上を相手に凌《しの》いだと言いたいところだが、もう残りは三人だけ。しかも満身創痍《まんしんそうい》ではないか。ついに年貢の納め時だな、わが妹ジークリン…」

五人の男のうちの真ん中の男がそう言いかけた時、お嬢様の念が眼前で炎の形を取ったように見え、そして五人に向けて飛び、爆《は》ぜた。

ま、魔法!?

□

魔法というのを初めて見た。まるで爆弾のようだ。いや爆発したと言うよりも炎が膨れ上がったと言う方が近いか。五人は全身に炎が引火して燃え上がり、悲鳴を上げながら転げ回っている。今日はこれまでバルナバスさん達が敵を殺すのを見てきたが、五メートル以上は離れていたせいか映画でも見ているようであまり身近には感じなかった。だが、今回は距離が離れているとはいえ、人に火が点《つ》いて転がっているのだ。嫌な臭いもするし、痛みが長引くのか悲鳴が長い。それに敵が全て倒れて緊張が解けたせいか、気分が悪くなってきた。蹲る俺の横で会話が聞こえる。

「お嬢様、拘束しますか」

「兄上だけは止めを刺し、他は拘束しろ」

「はっ」

俺は吐きながら、会話の中身を考える。お兄さんだけ殺すのか。他は拘束という事は、お兄さんを殺すことでお家騒動に決着が付き、お嬢様の安全が確保されるという事かな。逆に生かしておくと、また何か仕掛けてくるかもしれないから、さっさと殺すというところか。なんというか、殺伐としているな。

ん？　なんであんな所から急に！

ヤバイ。バルナバスさんもフリッツさんもこっちを見ていて気づいていない。

「ん、あっ」

俺はまた、お嬢様を引き倒した。そしてお嬢様が一瞬前までいた所を矢が通る。バルナバスさんとフリッツさんが、すぐさま矢が飛んできた方向とお嬢様の間に入り壁となる。

「レン、敵はどこだ」

俺は倒れたお嬢様の股間に埋めていた顔を、お嬢様自身に頭を掴まれて横に退《ど》けられながら答える。

「矢が飛んできた方向にいたのですが、矢が飛ぶ前までは気づきませんでした。それに今、矢を飛ばされた後はまた見失いました」

「ギード、こっちに来い。お嬢様、私とギードの間に身を隠して、馬車の所まで下《さ》がってください。フリッツはレンを連れて射手を仕留めてこい」

直前まで気づかなかったのはともかく、気づいた後に見失うとかどういう事だ。こんなのこれまでなかったぞ。いや、探知無効とか隠蔽《いんぺい》のようなスキル持ちなら、俺の探知からも隠れられるのかも。

と、危ねぇ。俺はフリッツさんと矢の発射位置を目指して走っている最中に、後ろへとひっくり返る。矢が今度は俺を狙ってきやがった。それにまた、発射の一瞬しか場所が分からなかった。いや、発射の一瞬が分かるなら避けられる。あと七十メートルか。

□

「ここです」

俺はフリッツさんと矢の発射地点まで辿り着いたが誰もいない。人が踏み歩いた跡《あと》はあるが、どっちに行ったんだか。ヤバイ。つい今まで、敵の位置が全て分かっていたのに、それがなくなってどこに敵が潜んでいるか分からないってのは、すげ〜〜こえぇ〜〜〜。どこなんだよ。フリッツさんも、近くの藪《やぶ》などから人の歩いた痕跡《こんせき》を探そうとしている。

ん。上？　上を通り過ぎる影に、俺は考えなしに上を見上げた。しかしそれは雀《すずめ》のような小さな鳥が飛ぶ影でしかなかった。なんだよ。ビビらせやがって。

だが、その瞬間俺の背にゾクリと怖気《おぞけ》が走る。上を向いた俺の真下、見えないが俺の足元に敵がいる。そしてこの距離では躱しようがない。

この至近距離で奴は矢を放った。俺の頭を狙った矢が俺の顎《あご》に到達する。俺の体感時間が何倍にも拡大され、ふっと体の力が抜け、俺はゆっくりと倒れ込んでいく。

ザシュ。

「ごあぁっ」

矢は俺の顎を掠《かす》めて空《そら》へと飛んでいった。異常を感じたのか、まるで瞬間移動のように俺の傍まで来ていたフリッツさんが、俺の足元の敵に剣を突き刺した。

俺は漫画のように足を広げたまま、背中側に両手をつっぱらせて体を起こす。俺の足の間には、ボウガンかクロスボウのような機械弓を持った男が、フリッツさんに腹を刺されて死んでいた。

俺は腰を抜かしていた。立ち上がれない。だが、それが良かった。鳥の影に上を向き、体を反《そ》らしていた為に、腰を抜かして仰向《あおむ》けに倒れる事でギリギリ矢が外れた。これは俺が意識的にした事ではない。完全に偶然助かっただけだ。

ふと見ると、死んだ男の頭のすぐ横に頭蓋骨《ずがいこつ》が落ちている。呆然《ぼうぜん》とそれを眺めていると、不意に自分が左手で手を突《つ》いている物が気になった。首を曲げそれを見ると、それも人の頭蓋骨だった。もちろん頭蓋骨だけではなく、草叢《くさむら》の積み重なった枯草の間からは人骨の他の部分もチラチラと見えている。そこら中に人骨が散乱していた。そうか、ここは亡者の門だったな。

俺もさっきの矢で死んでいたら、ここの亡者の仲間入りをしていたという訳だ。ここには何百年も前から魔物ではなく、人間同士の襲撃によって死んだり、返り討ちにされたりが繰り返されているのだ。

俺は甘く考えていた。いや、探知スキルの有用性に気づいてから最初の警戒心が薄れ、気が緩んでいた。探知スキルさえあれば攻撃を食らうことはない、目の前で戦いが繰り広げられていても俺は傍観者でいられる、無意識にそんな風に考えていた。だが、探知スキルなんてものがあるなら、それに対抗するスキルや魔法があるのは当たり前だ。

そう、魔法もそうだ。俺はお嬢様の事が怖いが、戦闘力は皆無だと思っていた。この七日間お嬢様の魔法の話は聞いた事がなかったが、恐らく隠し玉だったのだろう。お嬢様に対して警戒していなかった事も含めて、急に魔法を使われたら探知スキルがあっても避けられるか分からない。そう。この世界に来てからずっと、探知スキルでは避けられない危険が、俺の身の回りにあり続けていたのだ。

どうせ腰が抜けて動けないのだ。俺は仰向けに寝転んで空を見た。俺の顔に影が掛かる。雀のような鳥だ。あれはさっきの鳥だったのだろうか。

カウマンス王国の王都

「はい、レンさ～ん。お待ちどおさま」

「おっ、ロミーちゃんありがとう。今日の献立はなんだい」

「今日はミートボールにマッシュドポテト、ローストキャベツよ」

「ほう、そいつは旨《うま》そうだ」

「でも、レンさんってお仕事しなくていいんですか？　宿代は一ヶ月分前払いしてるとはいえ、毎日フラフラ遊び歩いてるように見えますケド」

「いいの、いいの。最近、死ぬほど忙しかったからね」

ロミーちゃんのジト目が痛いが、俺だってこの世界に来ていきなり訳の分からないお家騒動に巻き込まれて、何度も死にそうになったんだ。今くらいゆっくりしてもバチは当たらないだろう。俺は今、王都の宿屋でのんびりと夕食を食べていた。ちなみにロミーちゃんはこの宿の給仕で歳《とし》は十五くらいに見える。明るい茶色の髪を両肩の所で結んでいて、明るく元気でなかなか可愛い女の子だ。


亡者の門から三日、なんの障害もなく王都に着いた。あれから三日はそれまでの七日の村道、林道と打って変わって、石畳で舗装された綺麗《きれい》な街道となっていた。

さすが王都近郊といったところか。

王都に着いたお嬢様方は父親であるゴルトベルガー伯爵の屋敷に逗留《とうりゅう》するらしいが、身元不明の俺は一人王都の宿で待たされた。使いが来るまで待て、決して屋敷には近づくなと言われている。

ちなみに宿は一行から離れる前に執事のクリストフさんに指定され、アルノー君に付き添われて連れていかれ、宿泊費もアルノー君が預かって、俺の手を介す事なく宿屋に支払われた。

宿への道すがら、アルノー君に襲われる事はなかったが、「平民が調子に乗るなよ」的な悪口《あっこう》を散々浴びて辟易《へきえき》した。

なぜ俺の案内が相性最悪のアルノー君だったのか。

きっと屋敷ではお家騒動の決着と後始末で無茶苦茶忙しい事が予測され、俺に構う余力がなかったのだろう。そして、そこで戦力的に一番味噌《みそ》っかすだったのがアルノー君だったと。多分、そんなところだろう。


それにしても、俺は使いが来るまでこの宿で待機していなければいけないらしい。いつ来るか分からないのに待機というのが一番困る。宿に聞いてみると、なんと宿代は一ヶ月分も支払われていた。う〜〜ん、二〜三日という事はなさそうだが、それでもないとは言い切れない。貴族に宿代まで払ってもらって、すぐ来いと言われていませんでしたはかなりマズい気もする。

平民と貴族の関係って俺には分からないからな。という事で宿の人に相談したら、ちゃんと毎晩帰ってきて、外出は行き先を宿の人に伝えておけばいいんじゃねぇ、怖かったら昼も一回戻れば、と言われた。

よし、怖いので昼も戻ろう、基本的には。

考えてみれば、初めての王都で長期に宿を確保できて、しかもほとんど空き時間というのはありがたい。給与支給のまま自宅待機といったところか。その間に今後の身の振り方も含めて色々情報収集ができる。よくあるラノベのように、いきなり毎日魔物と戦って稼いだりしなくて済むのは、本当にありがたい。

それに俺が泊まらせてもらっている宿の名前は、〝王都の出口亭〟という。ここはなんとも普通の宿屋で、広くはないがほどほどに清潔な部屋と、まずまずな食事が出る。客層も貴族や無法者はおらず、行商人や貴族の使用人といった普通の人々。そして最大の特徴は、名前の由来にもなった立地にある。

ここは街の外壁の門の近くで大通りに面する、いわゆる繁華街にある。その分、王城や貴族街からは遠いが、情報収集には最適だろう。

そこで俺はこの国の常識や地理について調べていった。

まずこの国は農業大国であるらしいカウマンス王国という。北は山岳の王国ラウエンシュタイン、南は海沿いの公国マニンガーと接する。東はノルデン山脈、西はオルフ大森林で直接他国とは接していない。

カウマンス王国は国土的には南北の国二つを合わせたよりも大きいらしいが、街や村とそれを繋ぐ街道以外は未開の森林や原野が点在し、そこには魔物が住んでいて時々人里まで出てくる事がある。南北の国とは小競り合いが絶えないらしいが、本格的な戦争に発展する様子はなく、商人等はある程度自由に行き来しているらしい。

ラノベにありがちな覇権主義の帝国に攻められてるとか、狂信的な宗教国が近くにあるとかはなくて良かった。

次にお嬢様も使っていた魔法だが、一般人には縁遠いものらしい。

使用には才能と家庭教師等による教育が必要で、貴族と大商人、それに一部の機会を持った幸運な者だけが身に付けているとか。きっと日本で言えば弁護士以上に希少な存在、だからと言って一生で一度も見た事がないほどではないといったところか。もし俺が身に付けようとすれば大金と時間が必要そうで、それが用意できても才能がなければ無駄になるので、今すぐにどうこうという話でもないだろう。

また、魔法の品だがこれも似たようなもので、貴族や大商人は持ってるらしいという事で、決して一般的ではないようだ。

ちなみにこれらは現代の魔術師に作られることもあれば、ダンジョンから出土する事もあるらしい。

そう、この国にはペルレ大迷宮と言われるいわゆるダンジョンがある。これは王都から三日くらいのペルレの街にあり、起源不明、目的不明、全体像不明で地下に大きく広がっているらしい。詳細は不明だが魔物がいて、宝が出るらしく、一つの産業になっている。俺も男の子なので興味はあるが、実際問題どうなのだろう。先日怖い思いをしたばかりだしな。

ちなみにこの国で魔物と言えば、その定義はふわっとしていて狼は動物で、それより大きくて凶暴なダイアウルフは魔物といった具合に慣習に従って分類されている。特に魔物は魔石を宿すとかはない模様。

はっきり言って王都に暮らす一般人からすると、王都の外にはそういうのが出るらしいよ、くらい無縁の存在だ。

またラノベでありがちな猫耳獣人とかは一般的でなく、魔物と同一視されている。エルフやドワーフもいるらしいが滅多に見かけないようだ。

そんな事を調べながら現代知識チートで商売を、とマヨネーズを試作してみたが、なんだか危険な感じがしたので廃棄した。高くついたが食中毒とか怖いからね。ちなみに唐揚げとか石鹸《せっけん》は普通にあった。

それから、俺はお嬢様の護衛中にさせられていた槍の素振《すぶ》りを、今でも宿の裏庭で続けている。とにかくこの世界は暴力的なので、少しでも身を守る手段を得るためだ。

この宿は裏手に井戸を備えた小さな庭があり、朝などは宿泊客がよく行水《ぎょうずい》をしているが、それ以降はほとんど人気《ひとけ》がない。まあ、健全な商人や使用人は日中仕事に勤《いそ》しんでいるのだろう。日中はシーツやら洗濯物を干しに宿の人が来るくらいで、槍を洗濯物に引っ掛けたりしなければ特に文句も言われない。

また、冒険者ギルドへも行ったが、特に依頼は受けていない。何しろ魔物は王都にはいないので、魔物討伐は近隣でも数日、遠方であれば数週間も掛かる。ゴルトベルガー伯爵家からの使いを待っている俺は、そんなに空けられないからだ。

なお、王都内の手紙配達や薬草の採取、その他の雑用は別に専門の人達がいる。冒険者に求められるのは、護衛や魔物の討伐など王都外で危険を伴う仕事で、薬草採取にしても命の危険のある秘境まで出向く類《たぐい》のものだ。決してバイト感覚でできるものではない。そういう意味では、害獣駆除のような小物の依頼は郊外の街や村の方が多いだろう。

冒険者ギルドに行って良かった事は、ペルレ大迷宮帰りのテオという冒険者の話を聞けた事だ。別に仲良くなれたとかではなく、ギルド併設の酒場で大声で自慢話をしていたのをその他大勢と一緒に聞いただけだが。

ありがちなラノベと違う点は、魔法使いが希少なので戦士ばっかりのパーティーが多いとか、出入り口付近の魔物は素材としては無価値とか、明確な階層がある訳ではなく出入り口からの距離や難所等の存在で便宜的に層を決めている等である。採算を取るには最低数日から数週間潜《もぐ》る必要があり、逆にそれだけ時間を掛ければある程度採算の取れる仕事になるとの事だ。

その他、冒険者ギルド仕切りの練習場で弓の練習を始めた。俺の探知を活《い》かすなら、接近戦より遠距離だろうという訳だ。だが、成果は微妙だ。

練習場は王都の外壁の外にあり、もともと空き地で勝手にやっていたのを、それでは危ないという事で冒険者ギルドが仕切り、使用料を徴収する代わりにルールを定めて安全を確保しているという事情らしい。

弓の上達には結構苦戦しているが、それは何も俺の才能の問題ばかりではない。貸出とかはないので安いのを購入したが、それでも金貨一枚（十万円）くらいはした。だが、俺が日本にいた時に遊園地等でやったアーチェリー等に比べ、安物は弓も矢もバラツキが大きくなかなか真《ま》っ直《す》ぐ飛ばないのだ。

ちなみに、矢が一本使えなくなった時は泣いた。弓は射られればいいという訳ではなく、自分で弓や矢の調整もできなければいけないのだと分かった。

ちくしょー、探知スキルを活かした遠距離狙撃なんて夢のまた夢だった。自分でやってみて、俺やお嬢様を狙撃してきた亡者の門の最後の射手は、すげー奴だったんだなと今更思ったぜ。

最後に俺は、少しだけ商売もしてみた。

もちろん商材は、最初に持っていた針や糸、布等だ。俺はまず王都の広場で開かれている露天市について調べたが、一日の出店料が銀貨十枚（一万円）と意外と高かった。これは外壁に囲まれた王都に、市を開けるような場所が限られている為だが、これでは安価な商品の為に毎日店を出す事はできない。そこで露天市に出店する人々も、毎日は店を出さない。

つまりオレンジが欲しいと思っても、数日に一回しか同じ店は出ていない。その為、買い手はある時に纏《まと》めて買う必要があり、逆に売り手は一日で数日分の商品を売り上げる。だが、これでは俺の持つ安価な商品を少量売るには向かない。

そこで俺はこの市場を数日調査し、俺の持つ商材の相場を調べた。どうやらこの国の商習慣ではインドのように青天井に値段を吹っ掛けるような事はなく、精々《せいぜい》が二倍程度なので値切りの経験などない俺にとっては助かった。


次に俺はこの街の服飾職人を探して、直接売りに行った。そこではちょっとした幸運が俺を待っていた。職人と布問屋の商談に出くわしたのだ。俺が工房に入ったのにも気づかず、二人は舌戦を繰り広げていた。どうやら僅《わず》かな差で値段の折り合いが付かず、話が纏まらないらしい。しばらく見ていた俺は、聞くのに飽きてうっかり言葉を漏らす。「纏め買いして、その分割り引けばいいじゃないか」と。

どうやら現代日本では当たり前の、纏め買い割引という考え方があまり意識されていないらしく、布等の時間経過で悪くなるような物でなければ、多く買ってその分割り引けばという話をすると、それで二人の商談はすぐに纏まった。感謝した職人は俺の商材を少しおまけして買ってくれた。まあ、俺との取引は布問屋との取引より二桁は少ないのだが。

また、布問屋もその一件で俺を気に入ったのか、少しばかり買い付けのアシスタントのようなバイトを紹介してくれた。

まあ、これは本当にバイト感覚の小銭稼ぎだったが、結構面白かった。

そうこうしているうちに王都到着から二週間が過ぎ、ゴルトベルガー伯爵家からの使いがやってきた。俺の優雅な日々も終わりか。

□

「レンさん、ゴルトベルガー伯爵様の使いの方がお見えになってますよ」

「おっ、ありがとう」

俺が宿で遅い朝食を食べていたところ、宿の給仕の女の子ロミーちゃんが呼びに来てくれた。この娘は近所の革職人の娘らしいが、彼女自身はずっとこの宿で働いていくつもりらしい。俺も、もうこの宿に二週間もいるので、多少お互いのプライベートも話すくらいの間柄になっている。まあ、俺の経歴は嘘《うそ》だがな。

さて、ロミーちゃんの事はいい。俺は朝食のプレートを見ると、スープが少しと雑穀のパンが一塊残っていたので、急いでパンでスープを拭《ふ》き取り口に放り込んだ。そして席を立つ。宿の入り口まで行ってみると、そこにはジークリンデお嬢様の護衛副隊長だった地味な中年騎士ギードさんがいた。

「やあ、久しぶり。待たせて悪かったね～」

あれ、ギードさんってこんなノリの人だっけ。お嬢様や他の騎士がいないと、砕ける系の人なのかな。まあ、ここでフランクに返して、急に「この平民風情が！」となっても怖いので、こちらは丁寧に返そう。

「ど、どうも。わざわざお越しくださり、ありがとうございます」

「ははははっ、公の場でもなければ、そんなに畏《かしこ》まらなくてもいいよぉ～。バルナバス様やアルノー君と違って、僕は平民上がりの騎士だからね。さて、こんな所で立ち話もなんだから、君の部屋で話させてもらってもいいかな。お金も絡む話だしさぁ～」

いい歳したオジサンの「さぁ～」とか、ちょっとムカつくがここは穏便にいこう。無礼講と言って、本当にため口をきくと怒り出すパターンって日本でも普通にあるしな。そしてやっぱりアルノー君は貴族だったか。あと、お屋敷に呼ばれてってパターンじゃなくて、ここで渡すのね。


俺の部屋に場所を移して話を再開する。

この部屋にはベッドと荷物を入れる木箱ぐらいしかないので、ギードさんにベッドに座ってもらって、俺は木箱に腰を下ろした。

ギードさんの話を要約すると、ジークリンデお嬢様は他の兄弟を押し退けて見事ゴルトベルガー伯爵に就爵。もともと正妻の子は彼女しか残っていなかったらしいが、側室の子の他の兄弟が共謀して彼女を亡き者にし伯爵家を手に入れようとしていたらしい。

実際、彼女の到着がもう少し遅れれば、病に臥《ふ》せっていた前伯爵も病気に見せかけて殺されるところだったと言う。

「そ、そんな話、私にされても良いのですか」

「ははははっ、もうだいぶ噂《うわさ》になっちゃってるしね。それに悪いけど、平民の君が何か言ったくらいでどうこうならないよ。もう綺麗に掃除は終わってるしね。ま、あまり目立つとどうなるか分からないけど」

何気に色々怖ぇ～。絶対言わないようにしよう。

「それでさ。君は最初の酒場とか、亡者の門とかで二度もお嬢様の命を救ったし、それ以外でも凄い察知力？　で襲撃を事前に警告したりで、功績も能力もだいぶ認められてね。召し抱えてはなんて話もあったんだけど、さすがに伯爵になったばかりで身元のはっきりしない平民を家に入れるのは、って話になってね。まあ、伯爵家ともなると仕えている平民も何代も仕えている者ばかりだからね」

うん、仕えるなんて話にならなくて良かった。今の話だと探知スキルを見込んで、ＳＰみたいな事をやらせるって話だよね。ずっと緊張しっぱなしになりそうでヤダな。そうじゃなくても、お嬢様の近くなんて息が詰まるし。

「それで、報酬には色を付けておいたから、悪く思わないでよ。あと、また何かあったら声掛けるから、よろしく」

うんうん。お金が一番いいです。そんな事を考えていると、ギードさんは革の鞄からずっしり重そうな麻の袋を出してきた。

あれ、金貨十枚にしては多すぎね？

俺は袋を受け取ると、袋の口を開けて中を見た。

「あの、金貨十枚のはずでは」

「はははははっ、さすがにビックリした？　僕もビックリしたよ。でも今回の功績は最初に期待した以上だったからね。じゃ、ちゃんと金貨百枚（一千万円）渡したよ。あっ、大金だから持っているのが怖かったら、商業ギルドに預かってもらうといいよ。手数料は取られるけど、安心だからね。預かり証さえ盗《と》られなければ。さて、僕もこれで結構忙しいからさ、今日はこれで失礼するよ。じゃあ」

それだけ言うとギードさんは振り返りもせず、部屋を後にした。

本来は宿の入り口までお見送りをするべきなのだろうが、俺はベッドの上の金貨百枚を前に珍しくフリーズしていた。

数分して再起動した俺は、突然奇声を上げ、おかしな事を口走っていた。

「ぶひゃひゃひゃひゃひゃひゃひゃひゃひゃっ。勝った！　よし、美少女奴隷を買おう」

その後、部屋を出た時すれ違ったロミーちゃんの目が、ツンドラだった事は言うまでもない。

□

いかん、落ち着け、俺。いきなり大金をもらって、おかしくなっちまった。

そうだ、素数を数えて落ち着こう。
一、二、三、五、七、十一、十三、十五、いや十五は素数じゃない。
ダメだ、全然落ち着かん。下に行って、お茶でももらおう。お金は鞄に入れて、抱え込んで行こう。

俺は鞄を抱え込んだまま部屋を出て、宿の食堂に行って席に座った。ロミーちゃんとすれ違った気もするが、それもどうでもいいか。俺が朝食を食べていた時が朝食としてはすでに遅い時間だったので、食堂はもう誰もいなかった。

「レンさん、どうしたんですか」

ロミーちゃんと同じく、この宿で働いているタビタさんが声を掛けてきた。タビタさんは二十代半ばの女性で子供も二人いるらしい。ロミーちゃんと違い、愛想は最低限で今も掃除するから退けと言わんばかりのジト目を向けてきている。

「あ～、タビタさん。お茶をもらえないかな」

「ふぅ、部屋に持っていきますから。そっちで飲んでくださいね」

「ご、ごめんね」

まあ、閉めると言ってるのに、お茶を出せと言う俺が悪いな。でも、これを持って外に行きたくないし。

「なんですか、その鞄。怪しいですね。ひょっとして金貨でも沢山入ってるんですか」

「(ビクッ)いや、そうだったらいいなぁ～。あはははははっ」

鋭い。いや、上手く誤魔化せたか。

セーフ。

セーフだよね?


俺が部屋に戻り、しばらくするとタビタさんが訝《いぶか》し気《げ》な視線を向けながらお茶を持ってきてくれた。ちなみに、有料だし本当は部屋に運ぶようなサービスはない。

俺はお茶を受け取ると、鞄とタビタさんの間を通るようにして、木箱にお茶を置いた。テーブルないからね。

「あ、ありがとう」

そう言って俺は銀貨を二枚(二千円)を手渡す。お茶代とチップにしてはだいぶ多いが、俺はタビタさんに早く立ち去って欲しかったのだ。

「変なレンさん」

タビタさんはお礼も言わず、金貨の入った鞄をその目にロックオンしたまま、部屋から出ていった。

「ふうぅ」

俺はお茶を飲む。少し落ち着いてきた。

タビタさんに目を付けられたから、もうこの部屋には金貨は置いておけないな。であれば、使うか預けるかだ。今後の事を考えると、俺には二つの道がある。

一つは最近バイトを紹介してくれる布問屋のヴィルマーさんの伝手《つて》を使って商売を始める。

いきなり店は無理でも、纏まった金があるので伝手を使って布を仕入れ、北のラウエンシュタイン王国にでも持っていけば儲けられるだろう。そしてラウエンシュタインでは鉱石を仕入れて戻ってきて、ここカウマンス王国で売る。その往復を繰り返すだけでも着実に儲けられるだろう。

だがなぁ〜、結局運搬中のリスクが高い。護衛を付けるならその分、仕入れは減るし。ヴィルマーさんの伝手で信用の置ける護衛は雇えるだろうか。

何より俺自身この地に知り合いも少ないから、護衛に持ち逃げされる、なんてリスクも考えなければならない。

ちなみに王都の中だけで、アドバイザーやらコンサルティング的な稼ぎ方が嵌《はま》るなんていうのは、天文学的な確率の低さだろう。ヴィルマーさんと知り合えたのは奇跡的な確率で、そうポンポンにわか仕込みの現代知識チートで儲けるなんてできる訳がない。

もう一つはラノベの王道だが、ペルレ大迷宮に行ってダンジョンアタックである。

金貨百枚を元手に装備を調えて、仲間を集めてお宝探し。俺の探知スキルが有効なら、ダンジョンで不意打ちを受けないし、敵を避けて進む事もできるかもしれない。これこそまさにチートである。

しかし、これも仲間の問題は残る。

特に俺の金の事を知れば、気のいい冒険者が強盗に変わる事だってあるだろう。どのみち、俺自身の戦闘力はほとんどない訳だし。

どちらにしても、俺の代わりに戦ってくれる人が必要か。こうなるとラノベの、奴隷が一番手軽に手に入る仲間です、理論も現実味を帯びてくる。

この国も奴隷は認められている。ただなぁ～、ラノベにありがちな美少女奴隷とか、戦える女の子ってほとんどいないんだよな～。

優雅な日々に少し奴隷についても調べたが、女の奴隷はほとんどいない。なぜと言って、奴隷の需要は農作業や荷運び等の力仕事がほとんどだからだ。

軽作業なら女性も需要はあるのではと思うかもしれないが、軽作業は家庭で力仕事ができない妻や娘などの仕事となるので、わざわざ奴隷の女を購入してとはならない。男の奴隷の値段の相場が金貨数十枚（数百万円）なのも、現代の農業用トラクターの代わりと考えればなんとなく納得できるか？

それにこの世界、戦闘能力＝筋肉なので女性が戦闘職になる事はほとんどない。

まあ、お嬢様の護衛にいた女騎士のエルネスタさんとかは例外なんだろうけど、あの人も家柄良さそうな上にマッチョだったからなぁ～。普通に護衛として考えれば、暑苦しい男なんだよな～。

ちなみにこの世界、奴隷紋なんてものはなく、基本鞭《むち》で従えます。逃げても暴れても捕まるので、大抵は大人しく従うらしいが、追い詰めすぎると破《やぶ》れかぶれで反撃される事もあるらしい。

うん、一度見に行くか。

□

俺は布問屋のヴィルマーさんに紹介状を書いてもらい、奴隷商会を訪れた。

商会の建物は、多少は後ろめたいのか貴族街や外壁門に続く大通りからは遠い裏道に在り、五階建てレンガ造りでガッシリした建物だった。商業ビルのようにも見えるが、俺の気持ちが入っているせいか、やや陰気な窓の小さい刑務所のようにも見えた。入り口には守衛なのかマッチョな男が立っている。俺が近づくと声を掛けてきた。

「客かい」

威嚇《いかく》するような雰囲気はないが、身長も二メートル近く自分の身長程の太い棒を片手に携えていて、見下ろされると恐怖を覚える。

「ああ、紹介状もある」

「それは中で見せてくれ」

俺がビビって紹介状を出そうとすると、それを制止して中に入るよう、顎で指した。俺は軽く男に会釈《えしゃく》すると、中へと入った。入り口の中はホテルのロビーのようにソファが置かれた広間となっていて、窓が小さいせいで昼なのに薄暗い。さらに奥へと続く扉の前には入り口の男と似たような男が、二人立っていた。

「そこで少し待ってくれ」

俺が何か言う前に、男の一人がそう言った。座っていいのか。躊躇《ちゅうちょ》しているうちに、聞き返すタイミングを逃してしまい、俺は仕方なく立ったまま待つ事にした。なんだろうこの雰囲気。ハードボイルドなのか。


しばらく待っていると、奥の扉が開いた。俺はそちらに目を向ける。

「ぴょっこ〜〜〜ん、いらっしゃいまっしぇ〜〜〜」

はぁ？

なんだこいつは。甲高い声で耳が痛い。

俺の目の前には、腹だけ膨れて手足の痩《や》せた、頭頂だけ髪の生《は》えたパイナップルのような髪型の濃いキャラの中年男が立っていた。

「私、当ツェッテル商会のフロアサブマネージャー、代理補佐見習いをしておりますアルミンと申します。さて、お客様。どのような奴隷をお求めでしょうか」

馬鹿馬鹿しい登場から一転、いきなり渋い声と真面目な口調になりやがった。だが、こいつの肩書はなんだ。偉いのか偉くないのか、いや、きっとぺーぺーなんだろう。

まあいい、変な雰囲気も緊張も解けたし。俺はアルミン氏に護衛ができる奴隷を見せてくれるよう、頼んだ。

俺はアルミン氏に奥の応接室の一つに通され、そこでしばらく待つ。ややあってアルミン氏は六人の男達を連れて戻ってきた。先頭の男が俺を見るなり、「うほっ」と言った時、俺の全身に鳥肌が立った。

「ブルーノでぇぇぇぇすぅ。お客様、よろしくお願いします。ふぅ〜〜〜っ」

一人目の男は目茶目茶《めちゃめちゃ》テンション高く、自己紹介を始めた。

二メートル近い体躯《たいく》と筋骨隆々《りゅうりゅう》の体。奴隷達は皆《みな》貫頭衣を着ていたが、なぜかこいつは自己紹介中に脱ぎ捨てて「どうですか。キレてるでしょ」とポージングを始めた。俺はドン引きだったが、アルミンは満足げにそれを見ていた。

この男、見掛けだけではなく長年傭兵をやっており、ここカウマンス王国と北のラウエンシュタイン王国の小競り合いにも何度も両方の陣営で参加してきたらしい。奴隷になった理由は借金。その経歴と借金からこの男の値段は金貨八十枚（八百万円）だという。俺が伝えた予算は金貨三十枚（三百万円）なので、ファミリーカーを買おうとしたらスポーツカーを見せられたようなものだ。まあ、そうでなくてもこの男は無理だが。

こんなノリで続くのかと思ったが、二〜四人目までは、まあ普通だった。値段は金貨三十〜五十枚で、高いほど多少剣が扱えたり体格が良かったりで、金貨三十枚の男は一般的な農夫だった。俺の予算からするとここから選ぶのが本当は無難なのだろう。

「こいつ、オークだよね」

五人目の男を紹介された時、俺は思わずそう言ってしまった。

アルミン氏はオークってなんですか、という顔を向けてくる。五人目の男は二メートルを超える巨躯で、やや肥満気味。引退したプロレスラーのような体型だ。そして特徴的なのが豚っ鼻と醜い顔。本当にオークのように見える。

「お、おで、クルト。あんた、おでにメシくれ」

オークが喋った。

いや、多分人間なのだろう。オークじゃない、クルトは、ぼうっとしてもう目の前の事を忘れてしまったようにも見える。クルトが黙ってからは、アルミン氏がクルトをアピールし始める。馬のように力が強いとか、体が頑丈で少々の怪我《けが》では動じないとか。

しかし、どうも頭が悪いようだし、ちゃんと言う事を聞くかとか、人一倍飯を食うのではないかと聞いてみると、アルミン氏の口の端がヒクついてきて最初金貨三十枚と言っていたのが、どんどん下がり勝手に金貨二十枚まで下がっていった。

とはいえ、俺も買う気になっている訳ではないので、とりあえず次の奴隷の話を聞きたいと言うとアルミン氏も素直に引いた。


最後の一人を見てみると、俺はおやっと思った。

身長は男として平均的な俺より少し低いぐらいで、体も痩せてはいないが俺よりも細いぐらいだ。顔に丁度眉間《みけん》を通るように右の額から左の頬に向けて大きな傷跡がある。髪も短髪だが、どうも体つきが男と違うような気がする。傷は丁度目を避けているのでどちらかの目が見えないという事もないようだ。

顔の傷に目が行っていたが、よく見ると女顔、それも結構美人だったのかもしれない。こいつ、女だ。

「わ、私はヴァルブルガという。騎士として訓練を受けているし、大喰《ぐ》らいでもない。護衛なら、私に任せて欲しい」

騎士なんて言っているが、声がだいぶオドオドしていて何かを恐れているように見える。だが、俺に買われようという気は強いように感じる。

俺はアルミン氏にヴァルブルガの事を聞いてみた。

□

ヴァルブルガは北の国ラウエンシュタイン王国の男爵の次女だったらしい。

彼女は騎士としてここカウマンス王国との小競り合いに参加し、捕虜となった。女が戦場で捕まれば酷い目に遭いそうだが、貴族だったので身代金目当てに無事なまま交渉の場まで連れていかれた。

カウマンス側は父親である男爵と身代金の額の同意も得ており、後は引き渡すだけと考えていたが、引き渡しの場で彼女の顔の傷を見た父親は支払いを拒否した。彼女の実家は、嫁に出せない娘の身代金を払うほど裕福ではなかったらしい。

そうして王都の奴隷商会に売られたヴァルブルガだが、奴隷商会も扱いに困っていた。まず労働奴隷として女は買い手が見つかり辛《づら》いのだ。実際、彼女は普通の男並みに力はあるかもしれないが、先入観からやっぱり男より一段下に見られ、敬遠されやすい。また、彼女の顔の傷から娼館《しょうかん》からも敬遠される。

そんな話をしているうちにオーク男クルトと同じように、金貨三十枚スタートから二十枚まで下がっていった。

とはいえ俺としても悩んでしまう。彼女は確かに俺より強いかもしれないが、でも俺より強いだけである。

例えば入り口にいた警備員のような身長二メートル近いマッチョが斧《おの》を振りかぶってきて、盾さえあれば受け止められるかというと無理じゃないかと思ってしまう。チンピラに絡まれたくらいならなんとかなるかもしれないが、魔物の出る街道やペルレ大迷宮で戦力になるかと言われると微妙である。

それに護衛は見た目が怖そうというのも大事である。

つまり下手に手を出したらヤバそうという雰囲気を持つ事で、戦いになる前に戦いを回避するというヤツである。しかし彼女じゃ、ぱっと見《み》あまり威圧感がない。微妙な顔で彼女を見ると、彼女は焦っているようだった。

「わ、私は処女だ。よ、夜伽《よとぎ》も頑張るぞ。そ、その代わり複数の男で回すのは止めてもらえると……」

一気にポンコツ臭《しゅう》がしてきた。

必死かっ、必死なんだろうな～。もう少ししたら、捨て値で鉱山か、最低の娼館に売られそうだし。

でもなぁ～、こいつ連れてラウエンシュタインとか行ったら面倒が起きそうだから、北への商売はできなくなりそうだしな～。

って、うおっ。こいつ、ビクついてるのに目力《めぢから》強いな。

悩んでたら、めっちゃ見てるよ。よく考えたら、奴隷買ったら武装も買わないといけないから、あんまり余裕もなさそうだよな～。

ブルーノは値段的にもキャラ的にもないとして、初心者がクルトとかヴァルとかキワモノを買うのはリスク高いし、順当に考えれば二～四番目の男なんだろうな。でも、戦闘経験ある奴は金貨三十枚じゃ足が出るんだよな～。

クルトは見た目の威圧感もあるし単純に力ありそうだけど、頭悪そうだし食費が心配なんだよな。

値段で言うとクルトとヴァルは一考の余地あり、ていうか値切れば二人で金貨三十枚もいけそうなんだよな。数は力だしなあ～。

「なあ、アルミンさん。この女が持ってた武器や鎧って、まだあったりする？」

「おおっ、ご購入ですかな。え～と、確かまだあった気がしますな。一緒に送られてきましたが、そのうち古道具屋にでも持っていこうと思っていまして。彼女と一緒にという事なら格安でご提供しますぞ」

一気に捲《まく》し立てるアルミン氏を、俺は制止する。

「いや、まだ考え中。まだ使えそうなら見せて欲しいんだけど」

「ちょっと、ちょっと。そんなブサイクより、この俺ブルーノを買いなよ。ふぅ～～～っ」

ハイテンションでブルーノが割り込んできたので、俺はイラっとした。

「あ～～っ、アルミンさん。ブルーノは値段が合わないから下げてくれない」

「畏まりました。それではヴァルブルガの武器をお探ししますね」

「それはないぜ、ふぅ～～～っ」

ブルーノは連行されていき、残りの奴隷が応接室に残った。二～四番の男たちはチラチラとこちらを見てくるが、話しかけてこない。ヴァルは俺が武器の話をしたので、買ってもらえるものと期待してやたらと愛想を振《ふ》り撒《ま》いてきた。そして、クルトは床に座り込んで寝始めた。

アルミン氏が持ってきたヴァルブルガの武装は、傷だらけの剣と草臥《くたび》れて臭い革鎧だった。もともとは幾《いく》らかの板金鎧も着けていたらしいが、それはなくなっている。まあ、でもこれで少しは格好が付くか。俺はアルミン氏との交渉を始める事にした。

□

俺はまず、一気に値を下げに掛かった。

「なあ、アルミンさん。あんたもクルトとヴァルは手放したいんだろう。だったら俺に二人で金貨三十枚で売らないかい」

「いや、それではこちらが大損してしまいますよ。それにこの娘の武器や鎧はサービスしますから、それで金貨四十枚は如何《いかが》でしょう」

思った通り、おまけで誤魔化そうとしてきた。だが、古い剣と臭い革鎧なんてほとんど価値はないぜ。少し、他の方面から揺《ゆ》さぶってみるか。

「でもなぁ～、クルトとかすげ～飯食いそうだしなぁ～。そっちも飯代に困ってんでしょう」

「いえいえ、それほどでもありませんよ。それに奴隷には蕪と芋《いも》を、水でふやかして食べさせとけばいいんですよ」

「でも、俺は旅に出るつもりなんだが、そいつの為に蕪や芋を山ほど持って移動するなんて嫌だぜ。荷馬車も余分に用意しなけりゃいけないだろうし」

「ああ、でしたら商会の古い二輪カートをお譲りしましょうか。そいつに自分の分の食料を引かせればいいんです。それも付けて金貨四十枚でいいですよ」

しめしめ、さらにおまけを付けてきた。しかし、奴隷の腹は水で誤魔化してきたのか。まあ、定石か。俺はさらに畳みかける。

「あっ、だったらついでに古いのでいいから荷車もくれないか。ロバ一匹でも引けるくらいのヤツ」

「ええっ、あったかな～」

「奴隷なんて高い買い物なんだから、もっとサービスしてよ。そうだ、ロバも一頭付けてよ。どうせロバなんて金貨二枚もしないでしょ」

俺は値段を下げずに、おまけをもっと要求した。

「いや、さすがにそれは」

「そっか～。やっぱり無理だよね。俺もよく考えたら、一度に奴隷二人なんて無理があると思ってたんだ。じゃあ、一回仕切り直しで」

「待ってください。少し歳を取ったロバで良ければ付けますよ」

「いやいや、あまり無理させても申し訳ないし。一度、お互い冷静になった方がいいんじゃないですか。今日連れて帰っても、受け入れ準備もできてないし」

「で、では今日はお会計だけして、後日お受け取りに来るという事でどうでしょうか」

「う～ん、それじゃあ今日払う意味がないし。そうだ。今日から二人は使いますが、夜はあと二週間こちらに泊めてもらえませんか。そちらの負担は同じでしょう。それなら、今日払いましょう。

まあ、ロバや荷馬車を見てからですが」

「……」

そうして俺はロバと荷馬車を確かめた後、奴隷二人とロバ一頭、二輪カート、荷馬車一台、ヴァルの剣と鎧、二人とロバの二週間分の宿泊と食費、荷馬車を預かってもらう権利を金貨四十枚(四百万円)で買ったのだった。

アルミン氏、ちょっと顔が青い。ダイジョブっすか?

俺は二人を購入すると、今日は一人で店を出ると登録証をもう一度見た。奴隷の購入と言っても紙の契約書しかない。俺はそれを一瞥《いちべつ》して鞄に仕舞《しま》うと、布問屋のヴィルマーさんの所に向かった。

俺はアルミン氏と奴隷購入の条件を詰めながら、今後の方針を煮詰めていた。

ヴァルブルガの購入によって彼女の母国、北のラウエンシュタイン王国との貿易は、直近ではなくなった。二人を買わなければ良かったとも言えるが、やはり資金力が乏しい今はお値打ち価格は見過ごせなかった。

使いこなせればいいんでしょ、厳しいのは分かってるよ。

□

「林檎《りんご》だな」

「林檎？」

俺はペルレ大迷宮のあるペルレの街に向かう事に決めた。まだ迷宮に入ると決めた訳ではないが、一度街までは行ってみる事にしたのだ。やっぱりこんな世界に来たのだから、ダンジョンなんていうものがどんなものかは見てみたい。

とはいえ、ふらっと物見遊山で行くほど、余裕はないし効率も悪い。そこで俺は布問屋のヴィルマーさんに、何を持っていったら売れるだろうかと相談に来たのだ。

「あの街はもともと農耕に適した土地ではなく、迷宮があるだけの岩場だったのだ。まあ、岩場だから迷宮が作り易かったのかもしれないが。農耕地も作られているが、あの街の人口に対しては全然足りない。幸いあの街に金があるから足りない物は買い集められる。パンも肉も、酒も。だが、果物などは後回しになりがちだ」

「だから林檎だと」

「そう。大儲けはできないが、売れない事はないし、多分幾らかは儲けも出るだろう」

いいな、それ。難しい商売ではなさそうだし。

俺はヴィルマーさんの所を辞すると、林檎の相場と仕入れられそうな数を調べに動いた。ロバの引く荷車に一杯の林檎だ。それと、クルトの蕪と芋も買わなければいけない。

何、焦る事はない。

まだ、〝王都の出口亭〟の宿代も二週間分は払い込まれているし、クルトやヴァルも商会に同じだけ泊まれる。準備の時間は十分にあるのだ。

□

今日、俺は奴隷商会から買った大男クルトを商会から連れ出した。クルト購入時の担当、パイナップル頭のアルミン氏は「今日、お持ち帰りですか」なんて言っていたが、「夕方には一度戻すよ」と言っておいた。

何をやっているかと言えば、クルトの試運転とコイツの旅の準備だ。何しろ格安商品だ。どんな不具合が出るか分からない。そして物凄《ものすご》く不本意ながら、この醜い大男とデートのように街を練《ね》り歩いている。ヴァルも一緒に連れていこうとは考えなかった。知らない人間を二人も、特に問題のありそうな二人を連れていけば、不測の事態も二倍になる可能性がある。そんなリスクは許容できない。

そして予測通りに不測の事態が起きた。クルトは頭が悪すぎた。まず指示を理解するのに時間が掛かる、次に指示に従うか迷う、最後に指示を実行するのに時間が掛かる。正直、俺が主人である事を覚えているかが怪しい。

「ちょっと、あんたの奴隷がうちの芋を食ってるんだよ。金はちゃんともらうからね」

「す、すいません。このぉ、クルトぉーーーっ、何してやがる。

(バシッ)

い、痛《い》ってぇーーーっ。手の方が痛てぇ」

「ブモォ？」

またいつも腹を空《す》かせている上に手癖が悪く、食べ物が目に入ると盗って食べてしまう。そのせいで何度も露店に金を払う必要があった。

とりあえず、今日のところは食べ物屋の近くは通らないようにし、今後は街中では覆面でも被《かぶ》せて目隠しをするか。

だがこれは使える特性でもある。指示に従えば食い物を渡す、このやり方で躾《しつ》ける事ができるかもしれない。

さらに古着屋でも一悶着《ひともんちゃく》あった。

クルトに合う服がないのだ。大きめの服を割いて、布を継いではどうかと言われた。古着なのに上下で銀貨四十枚（四万円）も掛かると言われた。安めのリクルートスーツか。シャツとズボンだけなのに。

今日は貫頭衣をそのまま着せて、服は合流した時に着させよう。そして貫頭衣も着替え用に取っておこう。

だが、期待通りの長所もあった。こいつのパワーには任せてもいい。

「こいつに丁度良さそうな。武器はありますか。あまり金も掛けられないし不器用そうだから、棍《こん》棒《ぼう》みたいな単純なのがいいと思うんですが」

俺は武器商にクルトを連れていくと、店主にそう問いかけた。鍛冶屋ではなく、販売だけをやっている店だ。

「随分、でけーな。こいつなんてどうだ。銀貨三十枚だ」

武器屋は、長さが一．五メートルほど、太さが俺の二の腕ほどの木の棒を持ってきた。片側は滑り止めなのか革のバンドが巻いてあり、もう片側はバットのように持ち手より少し太くなっており鉄のプレートで補強してある。

「こいつで試し切りというか、何かを叩いてみる事はできるか」

「おいおい、俺を信用できねぇ～ってんなら、帰りな」

「そういう訳じゃないんだが、コイツ結構力ありそうだから。すぐに折れるようじゃ、しょうがないだろ」

「もっと頑丈ってんなら、金属をもっとガッチリ巻いた奴とか、全部金属の奴とかもあるけど、結構するぜ」

むむ、銀貨三十枚（三万円）でも高いのに。でもすぐ折れたら意味ないしな。俺は棍棒を受け取ると、両手で掴んで曲げようとしてみた。硬くてピクリともしない。クルトをチラリと見る。明後《あさっ》日《て》の方を見てボーっとしている。俺は不安に思いながらも、クルトに呼び掛けた。

「おい、クルト。これを・曲げて・みろ。ゆっくり・だぞ、ゆっくり」

そう言いながら、俺はクルトに棍棒を手渡し、曲げるジェスチャーをする。

「もし、折ったら買取だからな」

武器屋の主人が嫌な事を言う。だが、試さねばなるまい。

何度かクルトに繰り返し言うと、クルトが棒を受け取り曲げ始める。あっさり曲がり始めた棒を見て、俺は慌てて止めた。

「ストーーップ、止《や》め止め、止《と》めろ」

バキッ。

現実は無情だった。武器屋の親父《おやじ》が追い打ちを掛ける。

「お買い上げありがとうよ」

クルトは不思議そうな顔をしている。俺は心で泣いていた。

その後、より補強された棍棒を買った。合わせて銀貨九十枚（九万円）。本当は銀貨百枚（十万円）だが、さすがに哀れに思ったのか店主が負けてくれた。この棍棒でも不安だが、総金属は桁が違うので諦めた。

棍棒はクルトに背負わせる。もともと二メートル超えの上に凶悪な人相で威圧感があったが、棍棒を背負わせると凄く怖い。

まあ、目論見《もくろみ》通《どお》りではある。

俺だったらこんなの連れている奴に、喧嘩売ったりしないぜ。

今日はここまでにして、クルトを奴隷商会に戻した。商会のアルミン氏は物凄く残念そうな顔をしていた。

□

「む、やっぱりあっちの道を行こうか」

「？　承知した。ご主人様」

クルトの買い物が終わった翌日、俺は今度はヴァルブルガと買い物に来ていた。そして先ほど道を変えたのは、俺の探知スキルがスリの少年を探知したからなのだ。

正確に言うとスリだと決まった訳ではないのだが、軽度の害意を感じてその方向を見るとみすぼらしい少年がいたので、きっとスリだろうと推測した。スリ程度、分かっているならわざわざ道を変えなくても、と思われるかもしれないが念の為だ。まあ、財布は分けて金貨のほとんどはシャツの中にベルトを巻いて隠しているのだが。

それにしても、俺の探知スキルは街中でも有効なのはありがたい。なるべく遅い時間は、裏道などは通らないようにはしているが、それでもクルトやヴァルの送り迎えに奴隷商会に行く時はあまり治安のよろしくない辺りを通る事になってしまう。

そんな時、物盗りや強盗なんかを避けるのに重宝している。これが結構いるのだ。


さて、顔に恐ろしい傷跡のあるヴァルブルガだが、先ほどまでは奴隷商で着せられていた貫頭衣一枚だった。平均的な男よりやや低い身長ながら傷で人相が悪くなり、しかも目力が強いので顔を見ると結構怖い。しかし、体型が分かり辛いヒラヒラした貫頭衣を着ていても、時折胸や尻の丸みが浮き出てしまうので落ち着かなかった。

というか、この格好で護衛として立ち回りをさせると、絶対貫頭衣がペロンっと翻《ひるがえ》って下が見えてしまう。もちろん下着など着用していないから、大惨事になる。大惨事だよね？

そういう訳で、先ほど古着屋でヴァルのシャツとズボン二着ずつと下着を買って、その場で着替えさせた。いや、俺の前で着替えろとかはやってないよ。

しめてやっぱり銀貨四十枚（四万円）である。クルトと同じじゃん。ってそういえば、クルトの下着は買ってない。まあ、いいよねクルトだし。

クルトと違い、まともに話ができるので、買い物の道すがら彼女が捕まった国境沿いの紛争について聞いてみた。

□

まず俺が思っていたよりも殺意の低い戦争だった。

どうも国境に限らず、同国内の貴族領境でも同じような小競り合いが多いようで、不作になったりすると隣の村から簡単に盗ってこようとなるらしい。この場合、敵の領地とはいえ農夫を殺してしまうと次の略奪ができないので、逃げた農夫は基本追わないし抵抗されても袋叩《ふくろだた》きにするぐらいで、余程運が悪くないと殺されるまでにはならないらしい。

そしてこれが兵士同士にも適用される。何しろ頻繁《ひんぱん》に発生するので、互いに死にたくないから殺しまではやらないのが紳士協定となっている。剣や槍で攻撃しても最初から急所を狙う訳でもないし、相手も急所は特に必死に守るので、首に当たったり腹に深く刺さる事でもないとなかなか死なないというのだ。

この場合、急所を庇った腕や足が傷を負う事が多く、腕が傷ついて武器が握れなくなったり、足を刺されて歩けなくなれば降参して捕虜になる。また、攻撃側も相手を組み伏せて、わざわざ止めを刺すような事はしない。また気絶すれば、一旦放置して終戦時に捕縛。気絶から目を覚ました者は、油断した敵を後ろから、とはせずに、こっそりと自陣に逃げるらしい。

もちろん、そういった常識のない者や、戦でテンションが上がってハッチャけちゃう奴もいるらしいが、その場合敵の集中攻撃を浴びてそれこそ戦死するらしい。


では彼女の場合はどうだったかというと、彼女の父親が兵士をやっていて手柄を立てて男爵になったらしい。しかし、その領地というのはラウエンシュタイン側にあるカウマンス王国との国境沿いの村で、領地とは言っても小競り合いで疲弊し限界となった村を持つ、前男爵家の男衆が皆戦死して取り潰《つぶ》しとなった所らしい。

そして彼女の父親である男爵も男兄弟も皆脳筋。領地経営などできる訳もなく困窮していくが、彼女もパパカッコイイ、私も騎士になると剣術の訓練に明け暮れて、そして十五歳になって初陣で捕まったらしい。

この時点で実家には身代金の支払い能力はなし。近隣の老貴族が彼女を後添いとして引き取ろうと、身代金を立て替えようとしてくれたらしい。ちなみにこの老貴族、決してロリコンではなく一〇〇%善意らしいが、結婚したらやる事はやる必要がある。

だが彼女の顔の傷を見た父親は老貴族に申し訳ないと、断ったらしい。

ちなみに彼女の顔の傷がどうして付いたか聞いてみた。なかなか渋って言い出さなかったが、初陣で仲間の後ろから剣を持って飛び出そうとしたところ、前にいた仲間が後ろに振り被った剣に激突し気絶、気が付いたら捕虜になっていたという事らしい。そう、彼女は敵と一切剣を合わせる事なく捕まったのだ。俺は護衛としての彼女に物凄く不安になった。

余談だが彼女の「ご主人様」呼びは彼女の挙げた候補から俺が選んだ。

「主殿《あるじどの》、ご主人様、おにいちゃんの何《いず》れが良いだろうか」

なぜ、おにいちゃんが候補に挙がるのか謎だった。

□

ヴァルブルガのポンコツぶりを不安に思った俺は、冒険者ギルドの訓練場で少し試してみた。素振りした事しかない俺とはいえ、彼女は俺の槍を全て難《なん》なく剣で捌《さば》けていた。案外頼りになりそうだった。

ちなみに彼女に俺を攻撃させる事はしていない。俺の防御なんて知れているし、だからこそ彼女には俺を守ってもらおうと思っているからだ。

彼女の技量を確認して安心した俺は、彼女を連れて大通りを歩いていた。今は、午後三時ぐらいだろうか。

この国でも一年は十二ヶ月で今は六月くらい。だが日本ほど雨は多くなく、特に今日は快晴で少し暑い。少し喉《のど》が渇いた。

カフェのようなものはないようだし、露店で果物ジュースを買って適当な広場の隅に腰を下ろして一息《ひといき》つく事にした。

「ご主人様、ありがとう。私にまで飲み物を頂いて。その、これから宿に行って、と、伽をするのだろうか。私は、とっくに覚悟はできている」

「うん、ちょっとそれはいいや」

昼間《ひるま》っから公衆の面前で伽とか言うんじゃねぇ。っていうか、ヴァルの傷って結構酷くて、顔を見ると萎《な》えるっす。

俺が素っ気なく答えると、絶望したような顔をしている。そう、漫画なら目の上に縦線が入るような顔である。

何気なく周りを見回すが、この広場で今働いている人間は僅かで、割と日陰に座り込んで休んでいる人が多い。

ん、なんだ？

物凄いプレッシャーだ。

息をするのがキツイ。もし今、立っていたら膝を突いてそうだ。

これは探知スキルのせいか。だとしたら物凄く危険なヤツが近づいているのか。いる、そいつは近づいてくる。

「ご主人様、大丈夫か。顔が青いぞ」

「…大人しくしていろ」

心配して声が大きくなるヴァルブルガだが、今は目立ちたくない。俺はヴァルの襟首を掴んで、屈《かが》ませる。俺は自分も顔を下に向きつつ目の端で、そいつがいるであろう方向を見る。

広場に入ってきたのは役人のような小綺麗で質の良さそうな服を着た男と、白い服の上に金属鎧を着た騎士風の女だ。男はこの国でもよく見るような風体だが、女はこの国の者ではない気がする。この国の人間は俺も含めて欧米人っぽい人種だが、その女はアラブかインドのような少し彫りが深く厳めしい顔をしている気がするのだ。まあ、俺自身アラブ人とインド人の差は分からないが、なんとなくそんな感じだ。

女は広場を見回しているが、別に目当ての物がある訳ではなさそうだ。そして男と話しながらゆっくりとこちらに近づいてくる。

何を話してやがるんだ。いや、聞きたくない。

「魔王の復活が予言された今、人類は団結して立ち向かわねばならないのに。貴国は楽天的を通り越して無警戒すぎる。いっそ、哀れです」

「止めてください、ワヒーダ様。こんな往来で。我が国では、貴女方の言う魔族ですら見た者はいないんですよ」

「教皇様は、世界の為に備えよと仰《おお》せです。神の戦士となる事こそ人の使命でありましょう」

「それは貴女方の神でしょう」

「神は唯一です。貴方方《あなた》の神も唯一の神の一面でしかありません」

「なぜ、そんな事が言えるのですか」

「それは私が聖堂騎士《テンプルナイツ》『比類無き』ワヒーダだからです」

俺とヴァルが顔を伏せる前を男と女騎士が通り過ぎていく。

なんだか知らんがコイツら、いやこの女と関わり合うのはマズい、危険すぎる。

行け、早く行ってくれ。

「ここで言っても始まらん話でしょう」

「そうですね。議長殿にはよろしくお伝えください」

やった、通り過ぎた。背中が汗でビショビショだぜ。


「ご主人様。あの女、魔王って。本当にいるなら、戦ってみたいですね。あいてっ」

嬉《うれ》しそうに不穏な事を言うヴァルブルガの頭を、俺は思わず叩《はた》いた。

馬鹿野郎、率先して厄介事に巻き込まれに行くな。

そしてヴァルの声にあの女が足を止める。

いやーん、止めてーっ。

「ほう、ここにも神の戦士がいたか」

嬉しそうに振り返る女騎士。

マズイ、マズイ、マズイ。なんとか誤魔化さなくては。

「すいません。コイツ、ちょっと頭が弱いもので。私達はしがない行商人で、とても騎士様のお役に立てるような者じゃありません」

だが、会話を打ち切りたいのは俺だけではないようだった。

「ワヒーダ様、お急ぎください。次の会合までお時間がありません」

「む、そうですか。少し惜しいですが仕方ありませんね」

女騎士を先に促し、役人風の男は小声で俺に言った。

「商人よ、今聞いた事を言いふらせば、騒乱罪で逮捕するぞ。口を噤んでおれ」

「はい、もちろんです」

やった、厄介事が去っていったぞ。

こうして俺は危険なフラグを叩き折った。折れたよね。


王都に来て四週間、お嬢様の護衛の報酬をもらってから二週間が経った。

俺はペルレに持っていく林檎を荷車に山積みにしてある。しめて金貨四枚分（四十万円）、これがペルレで金貨四枚と銀貨五十枚（四十五万円）にはなるはずだ。

儲けは少ないが経費だけ掛けて移動するよりマシである。

それとクルト用の蕪、芋を二輪カートに積み、俺達の食料として堅く焼いたパンと干し肉も買っである。

ペルレで商売

「ご主人様、いよいよ出発だな。このヴァルブルガ、如何《いか》なる敵が現れようとも、ご主人様を無事ペルレまでお送りする。たとえこの命、尽き果てようとも」

「いや、いきなり不吉な事を言うなよ。たかが街一つの移動でお前に死なれたら、採算が合わん。全員無傷で着けるようにしてくれ」

俺の傍らで、気勢を上げるヴァル。

「おう、この身を案じられるとはありがたい。ご主人様のお言葉に沿うよう、命を懸ける所存だ。なあ、我が戦友クルトよ」

「ブモォ？」

気合十分のヴァルが後ろを歩くクルトに声を掛けるが、クルトはそれをほとんど気に掛ける事なく、目の前で揺れる蕪にぼおっと付いていく。

「だから、命を懸けんなって言ってんだろ。ふう」

俺は元気空回り気味のヴァルにツッコミを入れるが、まあ効果はないだろう。

「うむ、ご主人様。それで、王都に忘れ物はないだろうか」

「いんや。あのお方に王都を出る事を言っていないのはちょっと気になるが、まあ、大丈夫だろう」

「あのお方？　ひょっとしてご主人様にもお仕えする方がいるのだろうか。まさか、心密《ひそ》かにお慕いする姫君か」

「うえっ、止めてくれよ。そんなんじゃないが、お世話になった方だよ」

王都を出るに当たって、ジークリンデお嬢様、いやゴルトベルガー伯爵に何か言っておいた方がいいかとも思ったが、屋敷に近づくなと言われていたので、代わりに宿の主人と給仕のロミーちゃんにペルレに行く事を伝えておいた。もし、俺に用事があるなら伝わるだろう。

俺達は三人と一匹で王都を出発した。俺が先頭でロバのメリーさんを引き、その隣にはヴァルブルガ。メリーさんは林檎を積んだ荷車を引いており、その荷車の後ろには紐《ひも》で吊るした蕪が揺れている。そして最後尾のクルトは蕪を追って付いてくる。

王都からペルレの街までの街道は石畳で舗装されている。ペルレまでの道中、一日目の終わりに俺達は街道脇で野営した。ここは街道を利用する商人や旅人が野営地として利用する為、広く切り開かれており、舗装こそされていないものの平らに踏み固められ何台もの馬車が止まれるようになっていた。

今日は俺達以外に野宿をする者はいなかったので、広場を独占し焚火を点けてそれを囲むように毛布に包《くる》まって寝た。昼間は少し暑くなってきていたが、夜には少し肌寒くなるので毛布は必須だった。ヴァルが抱きますかと言ってきたが、交代で番をするのでしっかり見張っていろと言って一人で寝た。昨晩、王都の最後の夜は娼館に行ってスッキリしてきたので、まだそれ程飢《う》えてはいない。

翌日、俺達はツェッテル川に架かる橋の前までやってくる。川幅は十メートルほどだろうか。だが、橋から川面までは結構高さがある。二十メートルはあるだろうか。橋はしっかりとした石造りで、道幅も六メートルはある。そしてその橋の前にそいつはいた。

クルトよりもさらにでかい。体長は三メートルはあるだろうか。もっとも座り込んでいるので、正確な大きさは分からない。

その全身は茶褐色の毛で覆われ、僅かに見える肌は石のような暗い灰色をしている。その口は体の大きさから考えても、まるで裂けているかのように大きく、杭《くい》のような牙が疎《まば》らに飛び出している。体の近くには人の身長を遥《はる》かに超える、丸太のように太い棍棒が転がっている。

俺は探知スキルの欠点を新たに見つけた気がした。

だいぶ遠くからコイツの存在には気づき、なるべく音を立てないように馬車とクルトを置いて、ヴァルブルガと二人で近づいた。だが、どれだけ先に気づいても、コイツは橋の前で寝てるし、この橋を避けてはペルレまで一週間以上回り道をする事になる。迂回できない場所に敵がいる場合、俺のスキルではどうにもできない。

「ヴァル、アイツが何か分かるか」

「うむ。トロールだな。見たのは初めてだが、ラウエンシュタインでも山間の村では時々出るぞ」

あれがトロールか。

この世界に来て約一月半、ゴブリンに襲われそうになった事もあるが、俺の視界に入る前に味方に倒されていて、日本というか地球にいない生き物を見たのはこれが初めてだ。やっぱりこの世界には本当に怪物がいるんだな〜、と思った。

「強いのか。倒せるか」

「トロールの討伐には二十〜三十人は兵士を集めるが、父なら一人でも倒せるぞ。頑張れば私も、きっと」

うん、コイツ一人を当てるのは止めよう。だが、林檎が傷んでも困るので迂回はなるべく避《さ》けたい。

クルトを当てるか。


俺は馬車まで戻ると、馬車とカート、メリーさんを森の奥に止めて街道から隠す。いざという時は一旦逃げて、後から回収するつもりだ。

俺はクルト、ヴァルを引き連れてトロールが見える所まで戻ってきた。俺はトロールをクルトに攻撃させ、俺自身もヴァルに護衛させて近づく事にした。クルトには適宜指示を出す必要があるからだ。

「クルト、その棍棒でソイツを殴れ。力一杯だぞ。動かなくなるまで、叩きまくれ。そうしたら芋を山ほどやるぞ」

クルトはしばらく眠るトロールと俺を交互に見てから、動き出した。

「オデ、コイツをぶっ叩く。オデ、イモもらう」

特に足音を忍ぶ事なくクルトはトロールに近づく。その後ろから近づく俺とヴァル。

「ご主人様、私もクルトに加勢した方が良くはないだろうか」

「ヴァルは俺を守る事に専念しろ。勝手に手出しするなよ」

「そうか。承知した」


ラノベの主人公であれば、みんなで倒そうとか言うのだろうが、俺は弱いし命は惜しい。クズだチキンだと言われても、イザという時はクルトを生贄《いけにえ》にしてでも逃げるつもりでいる。

クルトが鼾《いびき》をかくトロールに振り被った棍棒を振り下ろす。座り込んでいるから、クルトの棍棒がトロールの頭にも届くのだ。


グシャ！


「ギャァッ」

トロールの頭にクルトの棍棒が食い込む。

きっと頭蓋を割って、十〜二十センチメートルは陥没させているのだろう。ひょっとしてもう終わったのだろうか。

一声吠《ほ》えた後、頭を下げて屈んだ姿勢のままトロールは動かない。だがまだ倒れていないせいか、クルトは追撃を加える。肩、背中、腕、足と棍棒が振り下ろされ、陥没し裂けて血が流れる。青い血という事はイカと同じ銅《ヘモシアニン》で酸素を運ぶタイプか。圧勝した感じに、そんなどうでもいい事を考えてしまった。

トロールが体を揺らして地面に崩れ落ちると、クルトも攻撃を止め俺を振り返る。

「オデ、コイツ倒した。イモくれ」

催促するクルトに俺は芋を放《ほう》った。

それをキャッチしてかぶり付くクルト。わざわざ洗っていないのでちょっと土も付いているが、いつもの事なのでお互い気にしない。

あ、ヤバイ。

「クルト、後ろぉっ」

俺は叫ぶがクルトはそれを気にせず、芋を食べ続ける。

コイツは反応が遅いのだ。

トロールは一度、気配が消えそうになったが、クルトが芋を食べ始めた辺りで再び復活したように感じた。

「グオォォォッ」

クルトの背後でトロールが立ち上がり、クルトのよりデカい棍棒でクルトの背中を打った。勢いに負けてすっ転ぶクルト。

「ご主人様。確実に止めを刺さなくては、トロールはなかなか死なんぞ」

「バカヤローッ、それを早く言え」

「すまない。かくなる上は私がトロールを」

「せんでいい。お前は俺の守りに集中しろ」

よく見ると陥没した頭を始め、体中の怪我が治っていくように見える。ゲームで言う再生能力《リジェネレーション》か。くそ。

「クルトォーーーっ。立ち上がれっ。ソイツをぶっ叩け」

トロールの巨大な棍棒で打たれたクルトだが、ゆっくりと起き上がる。

身長二メートルを超える大男クルトと身長約三メートルのトロール。大きさは圧倒的にトロールが優勢だが、棍棒での殴り合いはほぼ互角のまま続く。

そして恐ろしい事にクルトはトロールに殴られても、あまり効いている様子がない。もちろん打たれた服は裂け、そこから覗《のぞ》く肌には酷い痣《あざ》や裂傷が見えるが、クルトはそれをほとんど気にした様子がないのだ。

だがトロールは傷が見る間に回復するので、長期戦になればクルトに勝ち目はないだろう。っていうか、トロールと足を止めて殴り合うってだけで、すげぇぞクルト。

「ご主人様、やはり私も」

「ダメだ。クルトの棍棒でも大したダメージを与えられないのだ。俺の槍や、お前の剣が効くとは思えない。クルトぉ～～っ、ソイツを橋から落とせぇ～～～」

クルトは俺の命令に戸惑ったようだったが、しばらくして棍棒を捨てトロールを張り手のような打撃で押し始める。

「オデ、押す」

トロールは微妙に棍棒の距離より内側に入られて、攻め辛そうに仰《の》け反《ぞ》ったりしながら徐々《じょじょ》に後退する。

もともと橋の前にいたトロールは次第に橋へと入り込んでいった。俺はヴァルを伴って、トロールを迂回すると橋の真ん中へと回り込み槍を振る。

「クルトぉ～～っ、こっちだ。ソイツをここから押し出せ」

「おおおっ」

クルトはジワジワとトロールを端へと寄せていく。

「ヴァル、俺達も行くぞ。ただし、お前は俺の守りに専念だ」

俺はトロールの後ろから膝裏やふくらはぎ、足首を槍で突き刺す。ほとんど通っていないが、クルトに押されながらなので、そんな事でも体勢を崩し易くなる。

俺を払い除《の》けようと手を振り回すトロールだが、俺は探知スキルでそれを感知すると無理をせず後ろに下がる。

その時。

「オガァ～～～っ」

クルトが雄叫《おたけ》びを上げながら張り手を決め、トロールが橋から宙へと投げ出される。

「ウォオォォ～～～っ」

絶叫を上げ谷底へと落下していくトロール。

　バッシャ〜〜〜ン！

「イェ〜〜イ、やったぜ」

　俺は思わず、普段にはないノリで歓声を上げてしまった。

「オデ、やった。イモくれ」

「ああ、いいぞ。それ」

　今回の手柄は間違いなくクルトのものだ。

　俺はクルトの要求に快く応え、蕪と芋を十個ずつくらい手渡した。その場でむしゃぶりつくクルト。これはしばらく動きそうもない。俺はクルトにその場にいるよう命じると、ヴァルと二人で荷物の回収に行く。

　ロバのメリーさんや荷車を回収して橋を渡る俺たち。だが、俺はトロールが谷底から上がってきそうな気配を感じる。

　ヤバイな。あれだけトロールに叩かれながら大きな怪我はないクルトだが、実は今、足を引き摺っている。それでも二輪カートを引けるようだが、移動速度は大幅に落ちている。

　くそ、まだ上がってくるなよ。

　橋を通り過ぎ、トロールと一旦距離を開けた俺達だったが、ついに這《は》い上がったのか開いた距離が徐々に縮まっていくのが俺には分かった。

トロールが追ってくる。きっと今頃はクルトが与えた傷も全回復しているだろう。

一方、俺達はと言えばクルトが足を負傷し、進行速度が落ちている上、最大戦力のクルトの攻撃でもトロールには有効なダメージを与えられなかった。クルトほどの攻撃力のない俺とヴァルブルガは、トロールの再生能力の前では恐らく戦力外。

追い駆けっこは不利だし、ここは平らな街道だから先ほどのように、橋から落として時間を稼ぐ事もできない。

ならば森に身を隠してやり過ごすか。

森の中にいるヤツも気になるが、多分アレは敵じゃない。

俺達は荷車を森の奥へと引いていく。舗装された街道から外れると轍《わだち》が残るので、これも落ちていた大ぶりの枝を使ってできるだけ掃き消す。森の中へと三十メートルも入った所で、トロールが俺達が森に入った辺りに辿り着いた。

頼む、そのまま行ってくれ。

だが祈り空《むな》しく、トロールはその辺りで立ち止まり何かを嗅《か》ぎ回っているようだ。

嗅ぎ回る？

そうか、見える轍の跡だけ消しても無駄だったたって事か。ヤツはブヒブヒと鳴きながら匂いを嗅ぐ豚のように、俺達の匂いを辿って追ってくる。

畜生、谷に落としたぐらいでそんなに怒るなよ。

……まあ、俺でも怒るな。

あと、俺達に取れる手はクルトに奇襲させるぐらいか。

「グォオオオッ、ゴグォォォッ、グォオオオッ」

吠えながら藪を掻《か》き分け、森の中を突き進むトロール。そしてロバや荷車が繋がれた大木を見つける。

大木の陰の藪から敵の匂いを嗅ぎ取ったトロールは、目を血走らせてそこへと棍棒を振るう。

その時、大きな布を持った男が、藪からトロールと反対側へと飛び出した。その布から自分を殴った男の匂いがする。

「今だぁぁあぁーーーっ、ぶっ潰せクゥゥーーールトォーーーッ」

「ブモォォォーーーーッ」


バキッ！


「ギャァァァ〜〜〜ス」

大木の枝の上から棍棒を振り被った上半身裸のクルトが飛び降り、トロールの頭を強打する。絶叫を上げながら地面に叩きつけられるトロール。

「うぇ、こんな臭いシャツを持って囮《おとり》になるなんて、二度とやりたくねぇ〜な。だが、振り下ろしに落下の加速を加えた正真正銘、クルトの最大の一撃。これで倒せなけりゃ、俺達には打つ手なしだぜ。やれやれ」

「ご主人様、まさか」

ワナワナと震えるヴァルブルガ。

「ああ、そうだな」

「このバケモノは、まさか」

倒れるトロールを指さすヴァルブルガ。

「こいつは、グレートだぜ」

ゆっくりと立ち上がるトロール、まるで二つに割れたように陥没した頭が波打ち、粘土のように元の形へと戻っていく。

「グォオオオーーーッ」

「ソイツをぶっ叩け、クルト」

「ブモォォォーーーーッ」

殴り合いを続けるクルトとトロール。クルトは次第に押され、動きを鈍らせていく。

くそ。森にいる奴が間に合わなければ、間に合っても力を貸してくれなければ、クルトを見捨てて逃げるしかない。

くそ、赤字とか金貨二十枚が無駄になるとか、それだけじゃなく人を見捨てるのは寝覚めが悪い。

バキッ、メキメキメキ。

トロールに殴られたクルトの巨体が、藪を圧《へ》し折《お》りながら後方へと吹き飛ぶ。それを追い駆けながらクルトに迫るトロール。

「ご主人様、クルトはもう。こうなったら我々も」

「いや、ギリギリだが間に合ったようだ」

「何を言って」

俺とヴァルの会話に割り込む、少女の声。

「ピンチなんですよね。手を貸します。後で、文句言わないでくださいね」

俺はその声に振り返り、息を呑《の》む。

間に合ったが、なんだコイツは。

黒髪のポニーテールが背中まで伸び、俺と違って日本人そのままの顔立ちながら人形のように整った顔の美少女は、その大きな目を心配そうにクルトへ向けている。

「誰だ、君は」

突然の乱入者に驚くヴァルブルガ。だが、黒髪の少女はそれに答えずトロールに突貫。

セーラー服のミニスカートを翻しながら抜いた刀を、トロールの背中に突き刺す。

見た感じ十六〜十七歳くらいか。顔はやや子供っぽさが残るのに、大人っぽい黒。ありがとうございます。

いや、それよりもこちらが頼む前に助けてくれるとは。

コイツお人好《ひとよ》しか。

「ゲェエエェエーーーッ」

悲鳴を上げるトロール。なんで刀が根元まで突き刺さるんだ。

しかも速い。

俺の目の錯覚でなければ、〝瞬足〟の騎士フリッツさんよりも速いぞ。

森から出てきたのに、ほとんど汚れのない現代女子高生風のセーラー服に刀。

うん、多分転移したばかりの転移者だね、この娘《こ》。

しかもあの異常な速さと力。

さらに達人のような剣捌きは戦闘系チート持ち。

あれ、これって転移後の初現地人との遭遇で、商人を助けるイベント？

俺、こっち側なの？

「凄い、なんだあの動きは」

驚愕するヴァルブルガ。

トロールの周囲の木々を蹴っては斬り付け、一撃離脱で空間的に攻めるセーラー服少女。立体機動か？

「それにあのような下着、ほとんど穿《は》いてないも同然ではないか」

「おい、変な事を言って、気を散らすな」

ヴァルブルガの呟きを制止する俺。気にして見えなくなったら、いや戦いに集中できなくなったらどうするんだマックタク。

まあ、この辺で一般的な下着と言えば、ハーフパンツのようなドロワーズだからそう思うのも、っていうかこの前までノーパンだっただろうがヴァルブルガ。

それにしても、お臍《へそ》がチラリと、いやトロールの棍棒は掠りもせず少女圧倒的有利に見えるが、付けた傷が治っていくので持久戦になれば体力勝負となり少女が不利か。

俺がそう考えた時、少女がトロールから跳び離れ、俺達の前に背を向けて着地する。

「もう、しつっこいなぁ～。こうなったら、魔法いくよ。炎の渦に巻かれて燃えてしまえ、ファイヤーアローハリケーン」

刀を持つ右手は逆、左手の平をトロールへ向けて少女が叫ぶと、無数の火の矢が生み出されトロールへと殺到する。

「ヒィギィャァア～～ッ」

炎に呑まれるトロールは絶叫を上げて転げ回る。

すげぇ。火力自体は前に見たジークリンデお嬢様、いや女伯爵か、の魔法の方が大きそうだが詠唱時間の短さからの速射性は、セーラー服少女の方が上だろう。火の矢も一本一本が俺なら大火傷《やけど》で戦力外になるレベルだし。

剣も魔法も達人レベルなんてズリーよな。

俺なんて探知スキルだけだぜ。差別だ～っ。

いやきっと、それだけ強い戦闘系スキルを持った彼女は、王都で聞いた魔王討伐とか何か大変な事をするんだろう。そう考えると探知スキルで、セコセコと自分の安全だけを確保する方が俺には合っているか。


俺が馬鹿な事を考えているうちに、再び立ち上がったトロールの姿を見ると、右肩を中心に体の四分の一ほどしか焦げたような跡はない。あれだけの業火でそれだけかよ。

セーラー服少女は魔法の連射ができないのか、再びトロールに剣戟《けんげき》を加えている。ん、よく見ると焼かれた部分は再生する気配がない。そうか。

「おい、アンタ。トロールは傷を焼かれると再生できないみたいだぞ」

「え、あっ、本当だぁ～。よし」

その後、セーラー服少女は斬り付けては火の矢の魔法で焼き、を繰り返してあっさりとトロールを倒した。

「いやいや助けていただいてありがとうございます。お陰で命拾いしました。それにしても正直、見た目に反して凄く強いので驚きました」

俺はヴァルブルガにクルトの手当てを指図すると、営業スマイルを浮かべながらセーラー服少女に近づき礼を言う。

クルトが元気でも俺ら三人束で掛かっても勝てそうもないので、絶対敵に回らないように持ち上げておく。

「いえ、そんなぁ。皆さん、無事で良かったですぅ」

照れたような、ちょっと甘い声を出すセーラー服少女。

可愛い。

いや落ち着け、俺。

転生なら中身オバちゃんとかTSの可能性もあるんだぞ。騙《だま》されるな。

「私はレン、行商をしております。彼女はヴァルブルガ、向こうの大男がクルト、どちらも私の護衛です。よろしければお名前を聞いても？」

「アリスです。えっと、武者修行の旅？　のような事をしています。よろしくレンさん」

ニコリと微笑《ほほえ》むアリスと名乗る少女。

くそ、わざとか。

それにしてもアリスか、ここでの名前かな。いや、最近の高校生なら日本人でも「愛里朱《ありす》」とかいそうだよな。

さて、素性を聞きたいが、転移後すぐならこちらの事情にも疎《うと》いだろうし、あまり突っ込んで全部話されるのもマズイよな。いくら美少女でもあんな戦闘チート持ちとガッツリ絡んで、面倒事に巻き込まれるのも避けたいからな。

うん、こちらからさり気なく情報を提供して、彼女が自分のカバーストーリーを作り易くして、ここではお礼を言って別れる流れに持っていくか。

「アリスさんですか。こちらこそ、よろしくお願いします。実は私達は、この近くの街道を王都からペルレに食料を運ぶ途中でして。そこを普段見かけないトロールに追い回されて、この森まで入り込んでしまったのです。アリスさんはひょっとして、ペルレ大迷宮へ向かう冒険者では。あそこはこのカウマンス王国で最大の迷宮ですからね。アリスさんの腕なら魔物も怖くないでしょうし、財宝もたっぷり手に入れられるでしょう」

どうだ、反応は。

「えっと、そんな感じです。実はこの辺りには不慣れで、道に迷っちゃって。森を抜けたら行けるかとも思ったんですが、余計に迷っちゃったんですよ」

よし、乗ってきたぞ。

じゃあ、こちらもそれに乗っかかろう。

「おお、武者修行の旅ですか。この辺では見ない服だと思ったのですが、ひょっとして海の向こうから、南のマニンガー公国を通って、この国にいらっしゃったのでしょうか。この国に海はないですが、マニンガーの港には人も物も色々集まるらしいですからね」

この和《なご》やかに話す中、クルトの手当てをしながらそわそわしていたヴァルブルガが、近づいてきて声を掛けやがった。

「アリス殿と言ったか。その変わった剣も魔法も凄いが、その服も凄いな。戦闘中にスカートがヒラヒラして、中の凄い下着……、いたっ」

俺は最後まで言わせず、ヴァルブルガの後頭部を叩いた。

なんでお前は思った事をそのまま口に出すんだ。まあ、この辺の女性の下着と言えばハーフパンツのような丈のドロワーズが基本だろうから、そう思っても仕方ないか。

「み、見ました？」

アリスはスカートを押さえて、恥ずかしそうに俺を上目遣いで見てくる。

くっ、なんて破壊力だ。

だが俺は感情を（多分）出さずに冷静に答えた。

「いえ、見てません。部下が失礼な事を。ところでアリスさんは、これから？　ペルレじゃなくて王都に行く途中でしょうか」

嘘です、バッチリ見ました。ありがとうございます。

「う～～ん、私も街まで一緒に行っていいですか」

まあ、そうだよね。

見知らぬ土地に来たら、少しでも縁ができた相手を頼るよね。

俺としては巻き込まれないよう、早く別れたい気持ちもあったが、まだ道中トロールみたいなのに出くわす可能性もあるから、これはこれでいいかとも思う。

「ええ、喜んで。貴女が一緒に来てくれるなら心強いです」

荷物の整理をした俺達は、捨てていくのも勿体《もったい》ないのでトロールから手早く採れる皮や牙だけ採って森を出た。そして森を出た俺達はそのまま街道をペルレへ向かう。

その夜、俺達は街道脇《わき》の空き地で野営した。

野営中、俺はアリスに不審に思われない範囲で、こちらの世界の常識を教えておいた。ずっと面倒を見る気はないが、別れた途端に騙されて奴隷になったりしたら寝覚めが悪い。ただ、一番大事な身分とか治安に関する部分はピンと来ないようで、少し心配になる。

アリスは俺に「実は身分を隠した貴族だったり、大商人だったりしませんか」なんて言っていたが、残念ながらそのパターンではないです。

俺が転移してきた時もそのパターンが良かったなぁ。

□

トロールに遭ってから二日後、王都を出て四日目の昼にペルレに到着した。

あれから魔物や獣とも、野盗の類とも遭遇することはなかった。まあ、王都―ペルレ間は割と治安も良く、それが普通なハズなんだが。

ペルレの街は俺がこれまでこの世界で見た中で王都に次ぐ大きな街だった。

街を囲う壁も王都に匹敵するほど大きい。それに壁の上にも兵士が立って、心持ち王都よりも警戒が厳重な気がする。まあ、街中にダンジョンなんてものを抱えているんだから、警戒が厳重なのも道理か。

「んああっ、おっきい〜〜〜。あむっ」

ちなみにアリスが今、食べているのは今回の積み荷の林檎だ。

「そうですね。私もここは初めて来ましたが、王都の次に大きいです」


半袖だから夏服かなぁ。

巨乳という事はないが、普通にある方だろう。

汗のせいか、ちょっと透け感がある。というかあのミニスカートはヤバイ。

この国であんなに脚を出している娘は見た事ないぞ。

この昼の時間、街に入ろうとするのは俺らのような遠方からの旅人ではなく、近隣の村の農夫という感じの人々だが、皆アリスの脚をチラチラ見ている。

「あ〜〜〜っ、何かレンさんの目がエッチですぅ〜〜〜」

「そ、そんな事ないですよ。いや、ちょっとここは暑いですね」

舌なんかチロっと出しやがって、エロ可愛いなぁ〜〜〜っ、おい。

「むっ、ご主人様。見たいなら私が幾らでも。さ、さすがに人前は困るが。あいたっ」

俺はヴァルの頭を叩いた。昼間から何言ってやがる。

「あはっ、レンさんとヴァルさんて仲いぃ〜〜〜」

くそっ、完全に遊ばれてるぜ。

それにしてもこの娘、こんな服で街中をウロウロして大丈夫か。ちょっと悩んだが俺は彼女の脚が出ないよう、ヴァルブルガの外套《がいとう》を彼女に譲った。「え〜っ、脚出さないと可愛くないですよぉ〜」とか言っていたが、昨夜の治安の話などをもう一度して、人前では脚を出さないよう説得した。

なんで俺がそこまで面倒を見なきゃいけないんだか。

外壁の所で荷台の林檎を見せると、街へは割と簡単に入れた。やはりダンジョンがあるせいで、周囲の農村では賄いきれないほどの人口を抱え、外から食料などの物資を運ぶ商人は歓迎されるらしい。

やれやれ、無事に着いて一安心だな。

後は、積み荷を捌いてダンジョンの情報を集めるか。


ペルレの街の外壁を潜った所で、俺は振り返って聞いた。

「私達はまず、宿を探そうと思いますが、アリスさんはこれからどうされますか」

「あっ、私この国のお金使い切っちゃったから、宿にも泊まれないな。どうしよう」

潤んだ瞳でこちらを見つめてくるアリス。

分かります。集《たか》っているんですね。

「高い所は無理ですが、助けていただいたお礼に宿代くらい私が出しますよ。それにアリスさんの倒したトロールの素材を売れば、お金になるでしょうし。とりあえず宿を探しましょう」

□

俺達は外壁の門の近くに『幸運のブーツ亭』という宿を見つけて投宿した。

まあ、門の近くには俺のような街に物資を運んでくる商人や御者用に、馬屋や馬車用の納屋を備えた宿が集中している。

ちなみにこの辺には『幸運』シリーズの宿が多い。『幸運の荷車亭』とか『幸運の車輪亭』とか。

まあ、ダンジョン都市という土地柄だろう。

その中から宿代が一泊銀貨二十六枚（二万六千円）一日二食付きの宿を選んだ。

内訳は俺とヴァルブルガの二人部屋が銀貨十枚、アリスの一人部屋が銀貨七枚、馬屋と納屋の使用料が銀貨九枚だ。

軽く部屋の中も見たが、それなりに清掃もされていて、ベッドが湿っていたり埃《ほこり》っぽい事もない。

まあ、二人部屋が六畳、一人部屋が四畳くらいで狭いもんだが。

ちなみにこの宿はこの辺の他の建物と同じく木造五階建てで、地震でもあれば一発で倒壊しそうである。

例によってクルトは巨体故《ゆえ》に、ベッドが壊れたり床が抜けたりを恐れた宿側に入室を拒否され、納屋泊となった。俺にも怪我をしているのに申し訳ないと思う気持ちもあったが、商人用の宿で奴が泊まるのはどうにも難しい。

高い宿ならガッシリしているが、今度は風体から泊まれない可能性もある。冒険者用の宿なら安宿でも泊まれるのだろうが、物がなくなりそうだし、馬屋や納屋がなかったりで俺達には向かなそうだ。


さて宿は決まった。

ここからアリスはどうするだろう。

俺はヴァルブルガを伴って一人部屋にアリスを訪ねると、銀貨が五十〜六十枚（五〜六万円）詰まった麻の小袋とトロールの素材が詰まった麻の大袋を手渡す。

「アリスさん、これは少ないですが助けていただいたお礼です。それから商人でないアリスさんがトロールの素材を捌くなら冒険者ギルドがいいでしょう。私達はこれからクルトを治療院に連れていって、それから積み荷を捌きに行くので、これで失礼しようと思います。また夜にでもこの宿で会いそうですが、アリスさんのこの街でのご活躍をお祈りしていますよ」

「あっ、そっかぁ〜〜〜、ここでお別れですね。じゃあ、レンさんもお気を付けて。外套ありがとうございました」

そう言うとアリスはそそくさと宿を出ていった。あっさりしてるけど、変に縁が濃くなるよりこれくらいの方がいいよな。

俺は今後の事をちょっと考えてから、宿の受付でこの街一番のレストランの場所を聞き、クルトを納屋に残すと、ヴァルブルガとロバのメリーさんに引かせた林檎を積んだ荷車を引き連れて宿を出る。

ちょっと順番は逆になったが、クルトには留守番をしてもらう事にした。


「ご主人様、アリス殿とはあっさり別れて良かったのか。アリス殿を気に入っていたようだし、ダンジョンに入るなら彼女に一緒に来てもらった方が良くはなかったか」

「アホか。あんな戦力、俺じゃ雇えねぇ〜よ。それにダンジョンに入るかは、これからこの街での情報次第だしな」

「そんなモノだろうか。アリス殿はそれほどがめつくはないようだったし、しばらくなら一緒にいられそうな雰囲気だったが」

「あのな、人間ってのは一人いるだけで一日一日金が掛かるんだよ。まだ俺は使うか分からない人間を抱えておける余裕はない。もし、何か目途が付けばその時、声を掛ければいいさ。友好的に別れたんだし」

「そうか。ところでこれからご主人様は街一番のレストランで昼を食べるのか」

「いや、そうじゃない」

□

俺は宿から教えられたレストランに行くと、料理長を呼び出して林檎の買取を持ち掛けた。果物が不足しがちな中、俺達が持ってきた量なら、大きな店なら纏めて買い取ってもらえると思ったからだ。

胡麻塩頭《ごましお》の頑固そうな壮年の料理長が出てきて、直々《じきじき》に林檎を調べていたが、問屋より約一割増しの金貨五枚（五十万円）で売れた。仕入れとの差額は二倍の金貨一枚だ。粘ればもっといけたかもしれないが、ここは顔繋ぎのご挨拶《あいさつ》という事で無理はしなかった。何より初日に荷車を空にできたのは大きい。

それから宿に戻って空の荷車を納屋に置くと、今度はクルトを連れて治療院に行った。治療と言っても魔法的な手段で回復させる訳ではなく、傷薬を塗ってお終《しま》いである。

なぜ、魔法を使わなかったかと言えば、即効性のある魔法治療は金貨（十万円）単位、ファンタジー要素のない傷薬なら銀貨（千円）単位だからだ。

先進治療と保険治療くらいの差か。

すまん、クルト。全部貧乏が悪いんや～。

ペルレの街には昼に着いたが、宿を取り、林檎を売って、治療院に行くともうすぐ夕方という時間となった。

まだ日が暮れるまでに何かできそうだが、何をするか。

よし、ちょっと冒険者ギルドまで行って、ペルレ大迷宮の情報を軽く仕入れるか。冒険者ギルドに行くと言うと、ヴァルブルガが含み笑いをしやがった。

「いてぇ。ご主人様、私は何も言ってないぞ」

「煩い。ムカつく顔しやがって」

アリスを気にしているように見えたのだろう。ちょっと気分が悪かったので、後頭部を叩いてやった。

ちなみに昼食は屋台でテイクアウトして歩きながら済ませた。ホットドックやケバブとは逆に肉でパンや野菜を挟んだ物が売っていて、物珍しさと肉汁が美味《おい》しそうに見えて買ってしまった。一応、手の汚れを気にしてか、肉は大きな葉っぱで包んで渡される。

店の主は身長一六〇センチメートルぐらいながら、横幅が広くがっしりした体格のハゲのおっちゃんで、膝が若干悪いような歩き方をしていたので、怪我で引退した元冒険者かもしれない。

結構旨かったが、名前を聞くと『肉巻《フレイシュフォンル》』と言われた。この辺の名物かと聞いたら、俺の発明だと言ってガハハと笑っていた。


治療を終えたクルトを宿に置いて、俺はヴァルブルガと二人で冒険者ギルドに来た。

王都の冒険者ギルドはここより少し大きいが、市役所のような雰囲気でバックヤードというか職員のデスクスペースの方がホールよりも広い感じだった。しかし、ここはラノベにありがちな冒険者ギルドっぽく、酒場部分が王都のギルドよりも広い。ただこの時間は、飲んでいる者はチラホラとしかいなかった。恐らく混むのは朝と日暮れ過ぎなのだろう。

ちなみにアリスはいなかった。

「すいません、ペルレには来たばかりでして。大迷宮についてお伺いしたいのですが。ああ、私はレン、後ろは護衛のヴァルブルガといいます」

受付と思われるカウンターは全部空いていて、職員は皆手元を見て何やら書き物をしているようだったので、俺はそのうちの一人に話しかけながら、冒険者登録証を見せた。

ちなみに受付の職員にはウェーブヘアの金髪美人もいたが、話しかけんなオーラを全開にしていたので、その隣のブラウンヘアを頭の上でお団子に纏めた緩《ゆる》そうなアラサー女性にしておいた。

他には銀行員か税理士のような神経質そうな若い男性と、タヌキのような抜けた感じの太った中年の男がいたが選ぶ理由は何もなかった。

「ん～～、Ｆランクのギルド員レンさんですね。私はベティーナです。ん～～～、大迷宮についてはお話しすると長くなりますので、個別の対応はしておりません。ん～～～、大迷宮について知りたい方には週に一度、ん～～～、ちょうど明日の昼過ぎに説明会があるのでそちらにいらしてください」

金髪美人のように話しかけられたくなくて下を向いていた訳ではなく、俺に全く気づいていなかったようで、声を掛けられて驚くと同時に気を抜いたせいで声を掛けられて失敗したという気持ちが表情に出ていた。

いや、ここの職員そんなに客の応対が嫌いか。

さらに大迷宮の基本的な質問に、迷惑そうな顔をされて凹《へこ》んだが、確かに個別に話していてはキリがないか。

まあ、ここでの初心者講習会みたいなものっぽいし、明日すぐというのもタイミングがいいから聞きに行くとしよう。

それにしてもベティーナさん、ん〜〜という変な間《ま》は癖《くせ》かもしれないが、目の前の相手を待たせる事を気にしないマイペースさを感じるなぁ。


それでももうちょっとだけ粘って聞いてみたが、大迷宮はこの街よりも広大な主に岩質の地下洞穴らしい。

入り口は街の中心にあり衛兵に守られているが、グループに冒険者ギルドのメンバーが一人でもいれば無料で入れるという。ただし、日中しか入り口は開けないそうで、日が暮れると出る事もできなくなるらしい。

ギルドでは地図が銀貨八十枚（八万円）で売っていたので購入した。

あまり精度の良くなさそうな地図だが、地下洞穴の幹線道路のような大きなものと特徴的な地形、魔物を模したようなマークが記載されていた。縮尺を聞いてみると地図に載っている範囲で、東京《とうきょう》23区に匹敵する大きさがありそうである。

一度そう思うと、ペルレを皇居に見立てた東京23区の幹線道路図にも見えてくる。もっと色々受付で聞きたかったが、説明会後に有料で情報提供を行うと言われて追い払われてしまった。

情報収集の為にホールにいる冒険者に声を掛けようかとも思ったが、酔っ払いとか関わったらダメそうだと俺の探知スキルが反応する奴しかいなかったので止めて外に出る事にした。

ギルドを出ると夕方、もういい時間になっていたので『幸運のブーツ亭』に素直に戻る事にした。

冒険者ギルドは街の中心近くにあるのだが、この辺りは冒険者が多いせいか、通りは昼間よりも夕刻の方が人が多く感じられた。その分スリや当たり屋的な悪意も多く探知したので、いつものようにヴァルには睨みを利かせてもらいながら、道を選んで進む。

そういえば、アリスは絡まれたり掏《す》られたりといったトラブルに巻き込まれず、無事に帰っているだろうか。

□

「あ、レンさん、ヴァルさん」

『幸運のブーツ亭』に戻ると一階の食堂にアリスがいて、声を掛けてきた。クリっとした目とニコニコした表情が可愛い。呼んでいるようだったので、同じテーブルの空いた席に着いた。

「アリスさん、今晩は。トロールは売れたんですか」

「そうなんですよ。それも金貨九枚（九十万円）にもなったんです。本当に私が全部もらっても良かったんですか」

まじか。

わざわざ運んできた林檎荷車一台分の倍近いじゃねえか。

林檎が傷んでも、もっと素材を取ってくれれば良かったか。

でも、もう一匹出たら危ないし。

よし、忘れよう。

「もちろんですよ。私達ではどうにもならないところ、貴女が一人で倒したのです。全て貴女の物ですよ。それでアリスさんは、どこかのパーティーに入って大迷宮に行くのですか」

「そうなんですよ。冒険者ギルドで絡んできたオジサン達をボコってたら、『財宝犬《トレジャー・ドッグ》』というパーティーのコルドゥラさんという人に誘われて。明日、お試しでパーティーに参加して迷宮に潜る事になったんです」


おっふっ、さすが主人公的転生者。ギルドの先輩に絡まれるテンプレイベントを熟《こな》して、もう参加パーティーが決まったのか。

「そうなんですか。さすがですね」

くそ、なんとも平凡な返ししか出てこねぇ〜。

それにしてもトロールを殺したり、オジサン達をボコったりメンタル強いな。剣や魔術のチートの他に、精神強化とかもあるんだろうか。

その後も雑談を交わしてこの日はアリスと別れ、部屋へと戻った。

部屋は窓から入る月明かりだけで暗い。ランタン（ランプ？）を点ける事もできるが、その場合は油代を払う必要があるので、今は節約している。

俺が自分のベッドへ座ると、すぐ横に気配を感じて振り返る。月明かりに照らされて浮かび上がった顔には、右の額から左頬に向けて裂けた恐ろしい傷跡が見える。そしてその眼光はまるで生者を憎む悪鬼の如《ごと》く鋭い。

ひっ、心の中で悲鳴を上げる俺。

「では今夜は私が伽を、あいてっ」

そんな事を言いながら、俺のベッドに上がり込もうとするヴァルブルガの頭を叩く。

あ〜、びっくりした。

お前、暗い所で急に見ると怖いんだよ。

ポンコツのくせに、目力強いし。

俺は内心の動揺を隠して、なるべく素っ気なく告げる。

「ベッド二つあんだから、そっちで寝ろよ」

「私だってまだ乙女なのだ。そんなに邪険にせずに、もう少し優しくだな。奴隷に落ちた以上、人並みの幸せは諦めて、ご主人様に少しでも気に入られて良い待遇を、と頑張っているのに。それでご主人様、明日はどうするんだ」

「お前、待遇目当ての色仕掛けとか、それ俺の前で言うなよ。ああ、昼からは冒険者ギルドに行くが、午前中は空いてるからこれを売りに行く」

俺は荷車の林檎の底に隠しておいた、もう一つの商品を取り出した。

□

翌日の午前中、俺はヴァルを連れて職人街に行き、看板を見ながら目当ての店を探していた。ちなみに、クルトは芋の山と一緒に宿の納屋で療養してもらっている。

「ご主人様。ここは糸とハサミの看板が下がっているから、仕立《したて》屋ではないか」

「おっ、それっぽいな。よし。ごめんくださ～～～い」

そう。俺達が回っているのは仕立屋だ。もちろん、服を作ってもらいたい訳じゃない。実は王都を出る時、布問屋のヴィルマーさんからシルキースパイダーの布をほんの数巻、荷車一杯の林檎の山と同じ金貨四枚（四十万円）で仕入れておいたのだった。これは、林檎の荷車の底に隠しておいた。

シルキースパイダーの布は高級生地で、大きさの割に高く売れる。だったら生地だけ運べばいいと思われるかもしれないが、露骨に高級生地を運ぶよりも林檎の荷車に見せかけた方が、道中襲われる危険度も下がるのではと考えての事だ。

まあ、資金の問題も大きいが。

実は原料のシルキースパイダーの糸は、この街の迷宮のシルキースパイダーから採取される。この街でも布を作っているが、王都の機織り職人が作った物の方が質が良く高価で取引されている。

この街に住む人間は迷宮から出る素材のお陰で金回りが良く、高級生地の需要もそれなりに高いのだ。

結局数件の仕立屋を巡って、全部で金貨六枚（六十万円）で売る事ができた。実は、半数はヴィルマーさんからの委託販売だから上手くいったというのもある。つまりヴィルマーさんが売る契約をしていた物で、一部タイミングが悪く、他と纏めて送れなかった物を、俺に回してくれたという訳だ。ありがたや、ありがたや。

これでなんとか林檎と合わせて四日の輸送で、粗利で金貨二枚（二十万円）儲けた事になる。日当銀貨五十枚（五万円）か。まあ、準備に掛かった時間や手間、トロールと遭遇した事を考えると楽な仕事だったとは言い難《がた》いが。

まあ、なんにせよ。一商売が無事に済んだところで、次の商売のネタ探しに冒険者ギルドの説明会に行ってみますか。

大迷宮初探索

冒険者ギルドに行くと会議室に通され、という事はなく、カウンター前のホールというか酒場スペースの一画に行くよう指示された。

そこでは神経質そうな職員の男が、壁に幅一メートル以上はありそうな地図を貼っていた。昨日俺が買った地図と同じ物だ。きっとあれを元に説明してくれるのだろう。

とりあえず、近くのテーブルに座る。

時間は昼ぐらいだが、まだ俺達しか来ていない。しばらく始まらないようなので、昨日のあの露店で買った肉巻を出して、ヴァルと二人で食べ始める。

そうやっていると、もう昼も終わった頃に青年というか少年の一団がやってきた。男二人、女一人でそれぞれ粗末な麻の服の上から薄い革のベストを着ているだけで、農村から出てきた農夫の子供といった風である。歳は十五〜十六か。


リーダー風の少年は身長一八〇センチメートル超えで粗末だが剣を持っている。もう一人の少年も一七〇センチメートルは超えている感じで手作りっぽい短い槍を持っていた。

二人とも浅黒く引き締まった体をしている。まあ、戦士という風格ではなく、勤勉な農夫といった感じだが。

二人は素知らぬ風を装ってこちらを見ようともしないが、探知スキルがなくても分かるくらい緊張しているのが見て取れた。

最後の一人はなんというか肉感的な少女である。身長は一七〇センチメートルに届かないくらいか。デブではないが、やや顔もポッチャリしており胸もお尻も大きく、しかも少年達と同じ質素な麻の服なのに着方のせいなのか、色々と隙《すき》があって誘っているようにも見える。しかも彼女だけはギルドに入った時からあちこちに会釈しており、俺にもニッコリ微笑んだ。手にはやはり手製の槍が握られている。

「ご主人様、あの女を見てはダメだ。あいつは絶対ビッチだから、隙を見せたら食われるぞ」

ヴァルが耳元でこっそりと囁く。

ああ、そうか。女からもそう見えるんだな。

それから昼過ぎまで待ったが、説明会は始まらない。あの神経質そうな職員は、地図を貼った後イライラした様子で、カウンターと地図の間を行ったり来たりしている。ちなみにカウンターを見るとベティーナさんはボケーっとしているように見え、名前の知らない美人受付嬢は相変わらず話しかけんなオーラを出し、小太り中年親父は完全に寝落ちしていた。

昼を過ぎてしばらくしても説明会は始まらなかった。焦《じ》れたのか、あの少年達の中からビッチ（ヴァルブルガ認定）が神経質そうな職員に話しかけに行った。

「あのぉ～～～、大迷宮の説明会はまだ始まらないんですか」

「ああ、まだ揃《そろ》っていないからな。全く、冒険者なんてのは時間も守れない人生の落後者ばかりか。全く、私に無駄な時間を使わせて。考えが甘いんだよ」

「はぁ」

うわっ、ビッチは全然悪くないのに詰められてるよ。っていうか、冒険者ギルドの職員として今のは不穏当な発言じゃなかったか。

無関係な俺でさえそう思ったくらいだ。彼女の仲間が苛立《いらだ》って立ち上がったのも無理はない。


「おい、てめぇ。エラになんて事言いやがる」

あの娘、エラっていうのか。ちょっとエロと似てるな。そういえば、あのアニメ萌え声の女騎士エルネスタさんって今頃何してるだろう。

「そうだ、そうだ。こっちはずっと待ってやってるんだぞ」

「なんだお前たち。私にそんな事をして無事に済むと思っているのか」

少年二人が職員に近づいていくと、職員の男はほとんど金切り声を上げるようにそう叫ぶ。

一触即発の事態。カウンターを見るとベティーナさんはボケーっとして、美人受付嬢は素知らぬふり。しかし、中年男が動き出した。


「まあ、まあ」

中年男は抑えて抑えてと手を振りながら仲裁に入る。結局、中年男の取《と》り成《な》しで少年達は席へと戻った。

神経質男は壁に向かって、全く甘いんだよ、っとボソッと呟いていた。コイツ、ダメだな。

あれ、職員の中で中年タヌキが一番有能？


さらに一時間は待っただろうか。ギルドにガヤガヤと騒がしい集団が入ってきた。それは五人の男達で大体《だいたい》が中年くらいだろうか。服はボロいが所々に革や金属の鎧を着け、使い込まれた無骨な剣や槍、棍棒などを持っている。

顔を見ると脂《あぶら》ぎり、髪もぼさぼさ、しかも肌が見える部分は全員いくつもの痣ができている。何よりコイツらはぷぅ～～～んと臭い。一言で言えば、野盗や追剥《おいはぎ》の集団である。

コイツらは全員が固まって美人職員に声を掛けると、なんやかや言った後にこっちに向かってきた。うわっ～～～、コイツら待ちだったのかよ。

「おい、どけ」

俺達の席の前まで来ると、そう怒鳴ってきた。もちろん、ムッと来るがここは冷静に抑えて、立ち上がる。

ヴァルが突っかかろうとするのも、手で制す。

「ご主人様」

「まあ、いいじゃないか」

俺はヴァルの手を引いて離れる。正直臭いので早く離れたかった。

奴らは少年達も同じように恫喝《どうかつ》して、地図の近くの席を分捕《ぶんど》る。地図の近くはこの二テーブルしかないので、俺達や少年達は追剥どもの後ろに立つ形で地図を見る。

□

「おい、こっちは待ってるんだから早く始めろよ。ちっ、愚図が」

追剥の一人がそう怒鳴る。お前ら来たばっかりだろう。こっちはお前らのせいで一時間以上待たされてるんだぞ。神経質男が無神経に怒り出すかと思ったが、青い顔で黙り込んでいる。ああ、ちゃんと相手を見て絡んでいた訳か。で、あの少年達は舐《な》めていたと。

「俺達は六日も待ったんだからな。俺らの役に立つ話じゃないと承知しないぞ」

ああ、週一回だからタイミングが悪いとそんなに待つのか。確かにそれなら待たされた感は大きいかも。

「そうだぞ、あの姉《ねえ》ちゃん、毎日来てやったのに酌《しゃく》もしねぇ～～～で、お前が今日、いい話をするの一点張りだったんだからな。こりゃ～～～期待していいんだよなぁ」

神経質男が追剥の指さす方を見ると、こちらも見ずに美人受付嬢が肩をビクリとさせていた。

ああ、彼女のあのピリピリ感も毎日追剥に付き纏われていたせいもあるのかな。

神経質男はダッシュで美人受付嬢の所に行くと、一言二言口論して戻ってくる。戻ってきてから神経質男は、声を裏返らせながら話し始めた。

「大迷宮の注意事項を説明の後、ペルレ一番の有力クラン『赤い守護熊《レッドベア・ガーディアン》』からのメンバー募集の告知があります。なので、最後までしっかり聞いてください」

「へぇ～～～っ、ペルレ一番のクランね。それは俺達『命知らずの狂牛団《デアデビルクレージーブル》』よりも強いんだろうな。よし、まずそれを聞こうか」

『命知らずの狂牛団』。
ダ、ダセぇ。
っていうかパーティー名付けなきゃいけないのか。どうしよう。

「げゃひゃひゃひゃひゃ。赤い熊だかなんだか知らねぇが、俺達が入ってやると知れば、泣いて喜ぶぜ」

「いや、それは最後だと」

「んんっ、だとぉ～～～。てめぇ、舐めてんのか」

「ひぃっ」

あくまで事前の予定通り進めようとする神経質男に、『狂牛団』が激高する。

う～～ん、コイツらきっと『赤い守護熊』の告知だけ聞けば帰るよな。

コイツらいない方が、他の説明も聞きやすいだろうし。何より臭いし。

よし言おう。

「あ〜〜〜、先にその告知でいいんじゃないんですか。皆さん、聞きたがっているようですし」

「何を勝手な事を言ってる。全く、これだから冒険者は考えが甘いんだ。ちゃんと私の考えた段取り通り…」

「おい、そこのヒョロ男《お》も言ってんだろ。さっさと説明しろよ。それともケツの穴に指突っ込んで、歯をガタガタ言わせてやろうか」

「ひぃっ」

ヒョロ男って俺か。

っていうか神経質男は悲鳴を上げて『狂牛団』にビビりながら、俺を睨んでやがる。俺、助け船出してやったんだがな。

そこで、中年男がカウンターから声を掛けてきた。

「なあ、フロレンツ君。話の順番を少し変えるくらいいいんじゃないかい」

「ゲルルフさん、私の仕事に口を挟ま……」

「「「あ〜〜〜っ」」」

収拾つかないなぁ。でもあの中年、実はギルドマスターかとも思ったけど、フロレンツ君とタメか。と思っていると、これまでホールの端にいた赤い鎧の男が立ち上がって近づいてくる。実は冒険者ギルドに入った時からこの場で一番強いと感じていた奴だ。

「フロレンツ君、私もそろそろ自分の仕事を片付けて帰りたいんだが」

「ハルトヴィンさん、もちろんですよ」

赤い鎧の男がそう言うと、フロレンツ君は秒で前言を撤回した。

「そうか。では。君達、私は『赤い守護熊』のハルトヴィンだ」

そう切り出したハルトヴィンの言葉に、『狂牛団』も大人しくなった。強者オーラがビリビリ出ているからな。ジークリンデお嬢様の護衛騎士隊長のバルナバスさんと同じくらいか。王都で見た聖堂騎士とか転移者主人公（推定）アリスのような化物《バケモノ》は別として、俺が見た人間では最強レベルだろう。


ハルトヴィンの話は『赤い守護熊』が主導する、一区に入り込もうとする四区のコボルトの群れの殲滅作戦へ参加しないか、というものだった。

区というのはペルレ大迷宮の植生やモンスターの分布で分けられた呼称で、後で説明すると言う。ちなみに一区がペルレの街の直下で、頻繁に街の冒険者で討伐が行われ比較的安全が確保されている地区だと言う。そして一区に隣接するように二～四区が存在するが、今回四区に生息するコボルトの群れに一区に進攻しようとする動きがあるので、殲滅しようという事だ。

『赤い守護熊』は素材の採取よりも、ペルレの安全確保の為の魔物討伐を主とするクランらしく、ペルレの公的機関に近い立場で活動しているらしい。

今回の要請に応じれば、迷宮初心者にとってはベテランと共に行動する事で、迷宮探索のノウハウを得ながら報酬ももらえるいい機会にも思える。

『赤い守護熊』によるコボルト殲滅作戦の実行は明日であった。『命知らずの狂牛団』は参加を申し出、その場で了承される。少年達も参加を希望するも、ハルトヴィンさんは見ただけで技量不足を理由に断っていた。そして俺達はそもそも応募しなかった。

□

追剥集団、もとい『命知らずの狂牛団』は、続いて神経質そうな若いギルド職員フロレンツ君が大迷宮に入る時のルールを説明しようとすると、フロレンツ君に罵声を浴びせながら帰っていった。彼らが去った後の冒険者ギルド内は、殊更《ことさら》に静かになったように感じた。

狂牛団が去ると、プツリと緊張が切れたのかフロレンツ君が倒れて、バックヤードへと運ばれていった。そしてそれに代わるように美人受付嬢、名をイルメラさんというらしい、が現れ嫌そうに説明を引き継いだ。

それによると、大迷宮の入り口にはゲートがあり、入場の際にはパーティー名と入場者全員の名前、人数、目的の地区、予定帰還日を告げ、最低一人のギルド登録証を見せる必要があるらしい。これにより救助が来る事はないが、未帰還者がいれば冒険者ギルド等に報告され、そこから冒険者にも危険性が周知されるらしい。

入場が無料で、開場時間が概《おおむ》ね日の出一時間後から日の入りまでというのは、事前に聞いた通りだ。

また、大迷宮の入り口からは岩場をくり抜いたような下り坂が五百メートルほど続き、そこから東西六百メートル、南北千五百メートルほどの大空洞に出るらしい。各区へはその大空洞から伸びる大小様々な横穴を通って行く事になる。

ちなみに地図には幹線道路の様な大きな横穴しか載っておらず、小さな横穴は地図にないものも無数にあるらしい。

なお、ラノベによくあるダンジョンのように壁が薄《う》っすら光っているような事はなく、普通に真っ暗なので明かりは必須。ただ、所々で天井の岩の隙間が地上まで繋がっている所があり、そういった所では地下にも拘《かかわ》らず僅かに差し込む光によってシダや灌木《かんぼく》が生えたり、場合によっては森のようになっている所もあるらしい。

さて、俺はペルレ大迷宮23区の区分けされた境界線を見ているうちに、それが東京23区の境界線とよく似ているような気がしてきた。例えば一区が千代田《ちよだ》区、コボルトのいる四区が新宿《しんじゅく》区、その先のゴブリンが住む十六区が豊島《としま》区、さらに奥のオークが潜むという十九区が板橋《いたばし》区といった具合である。パレイドリア効果というヤツか、東京23区の地図なんてボンヤリしか覚えていないのに一度そう思ってしまうと、そうとしか見えなくなってしまう。

ちなみに一区から六区までが一層、七区から十八区までが二層、十九区から二十三区まで三層と等級が付けられ、一区から離れるほど危険度が増すという。そして大迷宮は23区で終わりではなく、未探索のその先があり四層と言われている。

未探索という事は、その先にどんな化物がいるか分からないし、突然未探索領域からヤベー化物が23区内に侵入してくるかもしれないという事でもある。もっとも三層は生息する魔物がまだ判然としていない部分もあるし、二層への未確認の魔物の侵入は確認されていないそうだ。


その他、説明会では地図に示された各区の魔物のようなマークについて、つまり主要あるいは特徴的な魔物の概要を聞く事ができた。ただし、一区を除く各区の詳細な魔物の分布や採取可能な素材の情報は有料らしい。ちなみに一区は出現する魔物、というかほとんど動物は無料で教えてもらえ、採取可能な素材はない事が分かった。

説明会は『命知らずの狂牛団』が出ていってから、凡《およ》そ一時間足らずで終わった。ついでとばかりにアリスが加入した『財宝犬』というパーティーについて聞いてみたが、探索深度最深のトップパーティーのようで、さすが主人公（推定）、（強運を）持ってるとしか言いようがなかった。

俺は今後の活動指針を考えながらギルドを後にした。

□

ギルドを出た俺に、ヴァルブルガが話しかけてくる。

「なあ、ご主人様。『赤い守護熊』のコボルト殲滅作戦に参加しなくても良かったのか。ご主人様の性格的に儲けが少なくても、最初は安全策を取って手堅いベテランと一緒に迷宮に入ると思ったが」

おや、ヴァルのくせに俺の性格を掴んできたのか。

だが、フロレンツ君じゃあないが考えが甘い。

「その手堅いベテランが、いきなり入った部外者を仲間と認めて、守ってくれるならな」

「うん？　ギルドが初心者に勧めているし、『赤い守護熊』はペルレの街の依頼を受けているんだぞ。信用できると思うが」

ヴァルの言いたい事も分かる。

自治体からの仕事なら信用できると言いたいのだろう。

だが、自治体から仕事を受けたのは『赤い守護熊』という大手であって、今回の募集は大手からの下請けという事になる。

俺は自分の推測を言う事にした。


「ペルレの街の防衛という意味では、『赤い守護熊』は信用できるだろう。だが、掃いて捨てても集まってくる冒険者《ならずもの》を、丁寧に育てるかと言えば、それはないと思っている。むしろ、真面目そうな少年達を弾《はじ》いて、『狂牛団』を入れたのも、ペルレにいないで欲しい冒険者を街の為に消耗するのが狙いかもしれない」

「なんだと。では、『狂牛団』は。いや、ではご主人様はどうするつもりだ」

「そうだな。『コボルト殲滅作戦』に行ってみるか」

「いや、ご主人様。たった今、この仕事は危ないと言ったばかりではないか。それに明日、急に参加したいと言っても難しいと思うぞ」

「あっ、ちょっと待ってろ」

俺はヴァルブルガの話を遮《さえぎ》り、ギルドから出てきたさっきの少年達に声を掛ける事にした。


「なあ、君達。さっきは『赤い守護熊』に断られたようで残念だったな」

俺が笑いながら声を掛けると、リーダー格の少年が激高した。

「んんだとぉ～～、ニヤニヤしやがって。馬鹿にしてんのかぁ～～～」

いかん、敵意のない笑顔で安心させようとしたのに。

「離れろ」

掴みかかろうとした少年の手を払い、ヴァルブルガが俺と少年の間に体を割り込ませた。

「ヒッ、な、なんだよ」

少年が一瞬、声を上げ、後退《あとずさ》る。

あ、やっぱりヴァルって見た目怖いし、圧《あつ》があるよね。顔の傷とか目力とか。

俺は気を取り直し、なるべく穏やかな声色《こわいろ》を意識して少年に話しかける。

「違う違う。明日暇なら俺の護衛をしないかって話だ。大迷宮一区。まあ、観光みたいなもんさ。俺に付き合ってくれたら、明日一日だけで一人銀貨五枚（五千円）払おうじゃないか」

俺は右手の親指と中指で自分の頬骨を挟《はさ》み、人差し指を眉間の上に乗せ、少し上半身を仰け反るとそう言った。

「ご主人様。なんだその変なポーズは」

煩いよ。

日本でなら、警備員にしろ危険のある仕事に日当五千円じゃ安いが、この国でただ力が強いだけの少年達ならこれくらいでも十分だろう。

今回、俺の予想じゃ危険も少ないだろうし。

「アンタ、さっきギルドにいただろう。冒険者かよ」

背の低い方の少年、それでも一七〇センチメートルは超えている、が聞いてきた。

「商人だが、この大迷宮で儲けられないかと思ってね。ちょっと様子を見に行こうと思っているんだ。君らもここに来たのは初めてだろう。一区の様子を見るだけで稼げるなら君らにもいい話じゃないか」

こう言うと少年達は少し考えるような顔をする。

「ねぇぇ、インゴ、ヨーナス。悪い話じゃないんじゃない」

しばらくすると少女が二人の少年に囁き掛ける。

「エラ、黙っていろ。おい、商人。護衛をしてやってもいいが、護衛中は俺の指示に従ってもらうぜ」

「ちょ、ちょっとインゴ。あの人が雇ってくれるって言ってんのよ」

大柄の少年、一八〇センチメートルは超えるように見える、は少女を小声で制すると、マウントを取りに来やがった。

それを少女が諌《いさ》める。

おいおい、金を出すのは俺だし、お前ら迷宮初心者だろう、俺が指揮権を渡す理由が一つもないんだが。

「いや、俺が雇い主だからな。雇っている間は当然俺の指示に従ってもらうぞ。まあ、勝てそうもない魔物に突っ込めとかは言わないから安心しろ。もっとも一区じゃ、危険な魔物はいないようだがな」

大柄の少年、インゴは睨みつけてくるが、口は開かない。

少女、エラはオロオロとインゴと俺の顔を見比べる。

ヨーナスと思われるもう一人の少年が、口を開いた。

「なあ、本当に一区だけなんだな」

「もちろんだ。お前らを雇うのも念の為の用心さ」

「なあ、インゴよぉ。俺らも大迷宮は初めてだしよぉ、ちょっと入って金ももらえるならいいじゃないか」

俺がヨーナスの言葉を肯定すると、ヨーナスはインゴの説得に回った。だが、インゴはまだ抵抗する。

「あ？　俺らでもっと奥まで行けばもっと稼げるだろ。大体お前、そこが一区か二区かなんてどうして分かるんだよ。ギルドで見た地図を全部覚えられる訳ないだろ」

「ん。当然、ギルドで地図を買ったさ。銀貨八十枚だったかな」

「な、銀貨八十枚もする地図を買っただとぉ。よし、なら一日一人銀貨十枚と、護衛が終わったらその地図は俺がもらってやるよ」

なんだかな、この小僧は。田舎のガキ大将は偉そうにしないと生きていけないのか。

だが、雇われる流れになっているのに、雇い主に喧嘩売るとか、バカじゃないのか。粋《いき》がってるだけなんだろうが、面倒になってきたな。

俺は盛大にため息をついた。

「もういい。じゃあな」

□

結局俺は最初に提案した一人銀貨五枚（五千円）で、村から出てきた少年達を雇う事にしてその場は別れた。リーダーっぽいインゴという少年はまだグダグダと言っていたが、もう一人のヨーナスという少年と話を付けた。

ちなみに彼らのパーティー名が『大農場主《ラージ・ファーマー》』であると聞いた時には、ぶふっと吹きそうになった。しかし彼らの大迷宮に挑む目的が財宝を手に入れ、それで農場を買う事だと察せられると、実に素朴で真面目な夢だと思い、笑う気は失《う》せた。

日本であれば、インゴのような面倒そうな少年は雇わないだろう。しかしここでは労働者の質が低そうなので、あのくらいなら我慢しようと割り切る事にした。

探索が始まってからはキチンと指示に従ってくれればいいが、そうでないなら明日でさよならだ。まあ、『命知らずの狂牛団』と『大農場主』のどっちと言えば、後者だろう。


地球でも、少し前まで発展途上国ではレストランの従業員が遅刻・無断欠勤するのが当たり前で、採用面接でも「私はレジだけやりたいです。レジ以外はやりたくありません」とか平気で言っていたらしい。

上司の指示に従ってくれる部下は希少なのだ。もっとも近年ではその国でも腕時計を見ながらカチカチ働くのが当たり前になってきているとか。

大体日本でも明治以前は同じようなもので、工場制手工業が入ってきた時にやっと工場主が労働者に時間厳守を根付かせたらしい。

そういえば中国人社長が、日本で会社を経営するのは簡単だ、マズくなってきたら従業員の給料をカットすればいい、と言っていたという話を聞いた事がある。彼の話では日本人は経営者に従順だが、他の国では給料をカットしたら暴動が起きるとか。

くそ、なんだか惨《みじ》めに思えてきた。それにラノベでは主人公のパーティメンバーは、ほとんどすんなりと主人公の言う事を聞いてくれる者ばかりだったのに。俺もそのパターンが良かったぜ。

俺はその後、大迷宮探索の為の物資を買い集めてヴァルブルガと共に『幸運のブーツ亭』へ戻った。ちなみにその日、アリスは宿を替えていて会う事はなかった。

明けて翌朝、俺はヴァルと共にペルレの中心にある大迷宮への入り口へと向かう。クルトは怪我の療養の為、留守番である。


ペルレの街は城塞都市という壁で囲まれた街であり、その壁の中の土地は有限で貴重にも拘らず、真ん中には直径百メートル近い広場がある。もっともその中心には長径五十メートルほどの砦《とりで》のような円筒形に近い形の建造物がある。高さは十二メートルかそこらで四階建ての建物ぐらいだろうか。さらにそこに隣接して兵士の詰め所が造られていた。この建物が『迷宮門《ダンジョンズ・ゲート》』と呼ばれる大迷宮の入り口だ。

俺達が広場に到着した時には、その建物の前に五十人近い者達が集まっていた。恐らく『赤い守護熊』と彼らが雇った者達だろう。よく見ると『狂牛団』っぽい人影も見える。

そして俺達の待ち合わせはそこから離れた広場の南口を指定している。

□

「おい、やっと来たか。さっさと中に入るぞ」

俺達を見つけた『大農場主』のインゴが声を掛けてきた。ちゃんと時間通りに来ているのは偉いが、マウントを取ろうとしてくるのが面倒くさい。

「まあ、待て。ちゃんと松明《たいまつ》は一日持つだけ持ってきたんだろうな」

「当たりめえだろうが」

急ぐインゴを抑えて、持ち物確認やら大迷宮内での注意事項の通達やらをする。実のところこれにはそれほど意味はなく、『赤い守護熊』が大迷宮に入り切るのを待っていた。

ヴァルにも説明していないが、今回俺の目的は『探知スキル』の性能確認と、『赤い守護熊』とコボルトの戦闘を観戦する事にある。

まず大迷宮内でどれくらい『探知スキル』が有効なのか。以前ジークリンデお嬢様が襲撃された時は、数百メートル離れた位置からの狙撃を感知できた。もし迷宮内でも数百メートル圏内を探知できるなら、探索と戦闘を非常に有利に行える。

そしてそれが可能なら、『赤い守護熊』とコボルトの戦闘を数百メートル離れた安全圏から様子を把握し、気づかれずに近づいて観戦できるかもしれない。できれば自分達が迷宮で戦う前に強者《ベテラン》の戦いを観戦して事前学習したい。

『赤い守護熊』達が入り切り、十五分もしたところで俺達も『迷宮門』に近づいた。

『迷宮門』の外側を見ると、この建物はレンガではなく、かなり大きな石を組み合わせて造られている。石の大きさは地球のピラミッドに使われている物と同じくらいか。見るだけで圧迫感というか重圧感がある。

建物の入り口には高さ三メートル、幅五メートルはある大きな鉄の扉が付いていた。

今は昼間だから開け放たれている。そして門の前には左右三人ずつの衛兵と、木机の後ろに座る役人のような男が一人いた。ここで入場チェックをしているのだろう。

「ペルレ大迷宮に入るんだな。冒険者ギルド証を出して、ここに入場記録を記入してくれ」

□

俺は男の指示に従って、名前とパーティー名、一区を探索する事、帰還は本日夕方を予定している事等を書き込んだ。

ギルド証を出したのは『大農場主』の三人と俺。ヴァルブルガは奴隷だし必要を感じなかったのでギルド員にはしていない。

ちなみに俺のパーティー名は『冒険商人《アドベンチャー・トレーダー》』にした。安易かもしれないが、俺としては冒険者として名を売りたい訳ではないので、記憶に残りにくい地味な名前にしたかったのだ。

ヴァルにも案を聞いたが、『輝ける太陽の翼《シャイニング・ソーラー・ウィング》』とか派手派手しいのが出てきたので却下した。

ちなみにヴァルの生まれた北のラウエンシュタイン王国には、まんまその名の騎士団が出る英雄物語があるらしい。

うん、お前そういうの好きそうだよな。

「『冒険商人』のレンとその護衛の『大農場主』か。日帰りで一区しか行かないのか。それじゃあ、儲けにならないと思うが」

『迷宮門《ダンジョン・ゲート》』の入り口にある机の男がリストの記載事項を見て不審に思ったのか、問いかけてきた。

「迷宮の下見ですよ。儲かるかどうかはそれから考えます。私は商人ですから。そういえば、お名前を伺っても？」

俺は問いに答えるついでに聞いてみた。意外と互いに名前を知っているかどうかで対応が違ったりするものだ。

「迷宮書記官のカスパルだ。冒険者にそんな事を聞かれたのは初めてだな」

「商人ですので。では私達はこれで」

「ああ、知っているとは思うが、四区との境界辺りで『赤い守護熊』とコボルトの戦闘があるかもしれないから、気を付けろよ」

「ありがとうございます」

意外と笑って返してくれたので、いい感じだ。何かあったら頼むよカスパルさん。俺はしっかり挨拶してその場を離れた。

おい、インゴ。何鼻ほじってるんだ。そういうとこだぞ。

□

門の中に入ると、凡そ扉と同じ大きさの通路が奥へと真っ直ぐに続く。内部に明かりはないので、エラが松明を、俺がランタンに明かりを点け進む。天井も壁も人工の平らな石畳なのに、すぐに床だけが天然の岩に変わった。凸凹《でこぼこ》した横穴が下へと続いている。

「うわ、マジかよ」

「おっと」

進むごとにちょいちょい、声が上がる。

場所によっては一メートルも段差ができている所もあるので、手を突いて下りなければいけない事もある。

天然の洞窟《どうくつ》や鍾乳洞ならこんなものか。ゲームによくあるような水平な石畳が続くわけではないので、進むだけでも結構大変だ。

入り口の光も届かなくなってくると、もう松明とランタンの明かりに照らされた所しか見えない。さながら夜間の山登り、いや山下《やまくだ》りだ。ランタンを持つ手は熱いし、燃焼の異臭もする。

当然視界も狭い。これは入ってみて実感するが、魔物と戦う前に地下洞窟を進むだけでも大変だ。

入り口から五十メートルも進んだだろうか。突然、天井と壁の石畳が消え、天然洞窟の岩肌に変わった。さらにそれまでは幅五メートルほどだった通路が、幅十メートル程度まで広がっている。天井もいつの間にか高さ八〜十メートルくらいまで高くなっている。

ああ、なるほど。

直径十メートル程度の地下に続く穴がもともとあって、その上に石の砦を建てて出入り口のサイズを幅五メートル、高さ三メートル程度に制限したのか。

これなら人間は不自由なく通れるが、もし人間よりもデカイ怪物が迷宮から出ようとしても簡単には通さないという訳だ。

地下の温度は外より低めだが空気は若干湿っており、岩の所々には小さなキノコや僅かばかりのコケのようなものも生えている。日は差さないが湿度は高い為、冒険者や虫等に付いた胞子等が岩に付着して成長したのかもしれない。そして岩陰などに地球でも見たような小さな蜥蜴《とかげ》や虫等が動いているのが時々見える。

迷宮内はゲームのように魔物以外の生き物がいないという事もなく、それなりの生態系ができているようだ。

「ご主人様、あれを」

前方の岩壁が松明の灯《ひ》に照らされず、暗黒が広がる。いや、岩壁がないのか。天井も奥に向かって高くなっている。

『迷宮門』から凡そ五百メートル。どうやら第一区の中心にある大空洞まで下りられたようだ。

俺は『赤い守護熊』らしき集団の気配を窺《うかが》う。

明かりや音等は届かないが、五百メートルほど先にいるのが感じ取れた。明かりや音等が届かないのは、これまでの横穴と同様、大空洞内の床面も凹凸《おうとつ》が激しいからだろう。


ここからは大空洞の壁を左手に時計回りに移動する。地図によればここから二つ目の横穴が第四区に続くものとなる。『赤い守護熊』の気配もそちらの方から感じている。もっとも岩の割れ目や地図にないような小さな横穴は無数にあるので、間違えないように気を付けねばならない。

そう思って進み始めた時、突然インゴが剣を振り上げ岩壁の辺りを斬り付けた。

「クソッ。おいエラ、ちゃんと照らせ。ヨーナス、付いてこい」

インゴはそう言うと岩の割れ目に入っていこうとする。何を勝手な事を。

□

ここに来るまでに戦闘はなかったが、何もいなかった訳ではない。岩の隙間には虫やら蜥蜴やら鼠《ねずみ》やらがいて、羽虫や蝙蝠《こうもり》が飛んでいた事もあった。だが、それらは脅威にならないせいか、俺の『探知スキル』にはほとんど検知されない。

たまに『探知スキル』が危険を訴える事があったので、そこを迂回するように指示して少し離れた所からランタンで照らすと、岩の隙間に二つの光点が見えた事があった。どうやら岩の隙間に毒蛇の類がいたのだろう。

　冒険者ギルドで聞いた第一区にも生息する毒蛇は、白と黒の縞模様を持つ凡そ一メートルほどのマムシのような蛇で、人間でも運が悪ければ死ぬような猛毒を持つものの、近づかなければ積極的に襲い掛かってくる事はない。


　こういった危険を数メートル先から感知できる俺の『探知スキル』は、不慮の災難を避ける事ができるので非常に助かる。ここまでは先回りして避けていたので、特に危険を感じる事はなかった。

そして今、インゴが剣を振るった辺りにも危険は感じていない。その割れ目の奥には何かが二十～三十四はいるが、その危険度は毒蛇とは比べるべくもなくほぼ鼠と同じほど。実際俺は鼠がいるのか、ぐらいにしか思っていなかった。

「おい、待て。お前は俺の護衛だろ。俺から離れてどうする」

「ゴブリンがいたんだよ。早く追わないと逃げられるだろ」

　俺はインゴを呼び止めるが、インゴは頓珍漢《とんちんかん》な答えを返す。

　お前の仕事は討伐じゃないだろ。

　それに俺は『探知スキル』の反応の薄さと、ゴブリンが見えたという情報でピンと来るものがあった。俺は怒鳴りつける。

「それはお前の仕事じゃない。それにお前の見たゴブリンは、これくらいじゃなかったか」

俺は両手でダチョウの卵でも掴むかのような形を作る。

「いや、もっと大きかった…気がする」

岩の割れ目に半身を入り込ませていたインゴだが、体を戻して俺を振り返ると、最初威勢よく否定しようとしたが、俺と岩の割れ目を交互に見ながら段々と尻すぼみになる。どうやら自分でも冷静になれば、それほど大きくなかった気がしてきて、ばつが悪い思いをしているのだろう。その反応から俺はコイツが見たモノが、冒険者ギルドで聞いたピグミーゴブリンだと断定した。


ピグミーゴブリンは体長二十センチメートルほどのゴブリンで、普通人間を攻撃してはこない。被害が出ると言えばこっそり食べ物や小物を盗むくらいだろう。まさに公園の猿と同じだ。すっごいブサイクだけど。

ただし、自分で碌《ろく》に動けないような瀕死の深手を負った人間が出会ってしまうと、集団で食い殺される事もあるという。

毒蛇やピグミーゴブリンは岩の隙間に入り込まれると追う事ができず、脅威度も低いので第一区の掃討でも除外されているらしい。

はあ、それにしてもインゴの奴。勝手に俺の傍から離れるとは、護衛の意味がないじゃないか。

少しばかり詰めてやったが、これで反省しないようならコイツとの付き合いは今日までとなるだろう。一応、しばらくインゴは大人しくなった。

□

推定ピグミーゴブリンを放置し、俺達は少しペースを上げて進んだが、『赤い守護熊』とは距離を開けられてしまったようだ。

『命知らずの狂牛団』のような部外者を入れたとはいえ、さすが強者。俺達よりもだいぶ速いペースで進んでいるのだろう。

俺達が大空洞に出た所からさらに一時間～一時間半進んだ所で目指す二番目の横穴に着く。

相変わらず光や音でその位置を察する事はできないが、俺の『探知スキル』が正しければ、この時点で『赤い守護熊』は俺達よりも一キロメートルは先行していた。そして彼らはそこで停止する。どうやら小休止のようだ。


迷宮に入って二時間くらいだが山道のようなものだったし、これからコボルトと戦闘する事を思えば、丁度いい頃合《ころあ》いか。俺はコボルトと戦闘する気はないので、この間に距離を詰める事にした。

大空洞を出る横穴に入って二十分。小休止する『赤い守護熊』とは五百メートル程度まで距離を詰められたが、どうやら彼らは移動を再開するようだ。

恐らく四区まではもうすぐだろうし、下手に距離を詰めれば彼らに気づかれたり、コボルトとの戦闘に巻き込まれるだろう。

「おい。今、何か見えた気がした」

俺はインゴ達にそう呼び掛けた。まあ、何も見えてはいないが。

「何かいるかもしれない。エラ、松明は地面ギリギリまで下げろ」

「何かってなんだよ」

俺の指示にまたインゴが噛みつく。煩い奴だ。

「知るか。魔物かもしれないだろ。みんな気を付けて進むんだ。ここからは声も落とせ」

「なあ、一区は魔物が出ないハズだろ。戻ろうぜ。なあ」

今度はヨーナスが問いかけてきた。面倒だな、もうバラすか。

「この先は四区に続いている。が、約束通りまだ四区じゃない。ここから『赤い守護熊』とコボルトとの戦闘をギリギリまで行って観戦し、今後の参考にする。何、巻き込まれないよう十分距離は取るさ」

さて、コイツらの反応はどうだろうな。

□

第四区との境界まで行って『赤い守護熊』とコボルトの戦闘を観戦すると言った時、インゴ達だけでなくヴァルブルガまでゴチャゴチャと言っていたが、結局リスクは少なく益のある事なので大した時間も掛けずに説得できた。

俺達は今、上り傾斜の横穴を進んでいる。ここを登り切った先は第一区の大空洞ほどではないものの、ある程度の広さの空洞になっているハズである。

空洞に光が漏れ、中にいる者に俺達の存在がバレないよう、松明やランタンはなるべく足元へと下げている。逆にここからでも空洞から光が漏れているのが分かる。

冒険者ギルドの地図ではこの空洞に『亜人の顎《あぎと》』という名が付けられ、ここからコボルトやゴブリンが潜む第四区となる。そして空洞からは罵声や雄叫び、金属音が聞こえてくる。『赤い守護熊』とコボルト達の戦いはもう始まっているようだ。

先を進むインゴ達には絶対に見つからぬよう、注意して進めと命じているが、そうでなくても緊張からその歩みは遅くなっている。


「見えたぞ」

登り切ったインゴが後ろを向き、小声で呼び掛けた。俺とヴァルブルガも岩場に手を掛けながらそろそろと『亜人の顎』へと近づく。俺達は『亜人の顎』の入り口に広がって体を地面に伏し、頭だけを出して中を覗き込む。空洞は入り口を境にややすり鉢状に傾斜しており、ここから全体を見下ろせるのは都合がいい。

空洞のそこ彼処《かしこ》には松明が撒《ま》かれ、全体が一定以上の明るさに維持されている。

恐らく『赤い守護熊』が戦闘前に準備したのだろう。これで洞窟の暗さによる不利はだいぶ緩和される。戦闘前にさっとこのような設置ができるのも人数を活かした戦術だろう。見習いたい。

さて戦闘の情勢はと言えば、『赤い守護熊』がコボルトを『亜人の顎』の反対側、ここと同じくらいの大きさの横穴の前で半包囲して抑え込んでいる形だ。もっともここから百メートルは離れているので肉眼では詳しい様子は見れないが。ただし、俺は『探知スキル』のせいか肉眼以上の情報が拾える。

凡そ『赤い守護熊』達人間側の戦力は五十人ほど、対してコボルト側は二百体はいる。数ではコボルトが上だが、コボルトの一体当たりの強さは俺の『探知スキル』では人間側の半分から七割くらいに感じる。さらに半包囲の中央に位置する『赤い守護熊』の正規メンバーと思われる三十人ほどの集団は、左翼、右翼側に比べて一人当たりで一.五倍から四倍は強そうだ。

さらにコボルト側は横穴の前で団子になって包囲されているので、戦力を全部使う事はできず、逆に人間側は半包囲しているせいで、全戦力を使えている。何もなければ、このままコボルトを擂り潰せるかもしれない。

なんだかタワーディフェンス物のゲーム画面を見ているような気がしてきた。そういえば、『命知らずの狂牛団』はきっと右翼か左翼にいるんだろうな。

「おい、ここからじゃよく見えねぇよ。もっと近づこうぜ」

しばらく眺めていると、インゴがそんな事を言い出す。まあ、肉眼だけならそんなもんか。俺は当然断る。

「ダメだ。これ以上近づいたら巻き込まれる」

「そうよ。危ないから止めようよ」

エラはビビっているのだろう。俺に同調する。そこで動きがあった。

「ここまで来て、それじゃあ意味がないだろう。寧《むし》ろ力を貸してやれば」

「下がるぞ」

俺はインゴの言葉をぶった切った。

「なんだと」

「コボルトの増援だ。五十メートル下がる」

俺は有無を言わせず、下がり始める。それを見てヴァルが、そしてヨーナスとエラも下がり始める。

「増援なんて」

「ヨーナス、インゴを引っ張ってこい。早くしろ」

そこまで言えば、インゴもこちらを睨みながら渋々下がる。俺の探知によると、左右から百ずつのコボルト（？）が回り込んでくる。

『亜人の顎』はこれまでの洞窟と同様、俺達のいる横穴や、『赤い守護熊』が包囲している横穴のような大きなものだけでなく、地図にないようなもう少し小さな横穴や岩の割れ目のような隙間が沢山ある。コボルトはそういった〝小道〟を通って『亜人の顎』の外側から『赤い守護熊』の背面に回り込もうとしている。

そして、回り込んだコボルトが『亜人の顎』に飛び出したのだろう。罵声や怒号が大きくなった。戦いの騒音が大きくなり、悲鳴も聞こえた気がした。

周りを見回すと俺の連れは皆、身を伏せて息を潜めている。ここでやっとコボルトの増援を信じたのだろう。

『亜人の顎』から聞こえる喧噪《けんそう》を聞きながら身を潜め、『探知スキル』で様子を窺う。どうやら『赤い守護熊』の正規メンバーはすぐさま円陣を組んで内側のメンバーを守り、右翼、左翼の臨時メンバーは円陣の外側に放置されてコボルトの波に呑まれ、右往左往しているようだ。

ここまでコボルトの消耗は約六十体。これに対して人間側は正規メンバー以外で五人ほどが倒されている。

「よし、もう一度上に戻って様子を見る」

□

コボルトの増援が『亜人の顎』に入り切って人間側を包囲したところで、俺は他のメンバーに戻るよう呼び掛けた。インゴ達は顔を見合わせてから動き出した。きっと今、顔を見れたら腑《ふ》に落ちない顔をしているのだろう。だが、今の明かりではそこまでは分からない。

俺達が上に戻ると、俺が探知で把握した通りの光景になっている。その光景に俺以外のメンバーは息を呑む。

「やはり、増援による包囲。二級戦力は壊滅か」

切れ者っぽい発言をしてみる俺。

「おい、分かってたならなんで教えてやらないんだ。死ぬ奴も出るかもしれないぞ」

まあ、インゴなら噛みついてくるか。熱いなあ。めんどくさい。

「かも、じゃない。これから二十人は確実に死ぬ。だが教えに行ってたら、そいつも囲まれて死ぬ。それにお前は俺の護衛で、アイツらの護衛じゃない。自分の仕事をしろ」

「そ、そうだぜ、インゴ。それに『赤い守護熊』はベテランなんだ。余計な口出しはしない方がいいだろ。なあ」

俺の答えに睨みつけてくるインゴだが、ヨーナスが取り成すと下を向いた。

「だが、人が死ぬのを黙って見ているなんて」

「インゴ、あなたのせいじゃないわ。ねっ」

何かインゴが主人公っぽい事言ってんなぁ。あっ、このタイミングで正規メンバー以外が半減したな。というか、正規メンバーは崩れないいな。

ん？

何かやるのか。

「おい、伏せろ」

俺は声を上げると同時に、伏せて頭を抱える。それと同時にドンと腹に響く轟音《ごうおん》と洞窟を揺らす振動が襲う。

振動が収まり、頭を上げると『赤い守護熊』正規メンバーの周りの三方向に人の身長の二倍弱、約三メートル程度の壁ができていた。ゲームで言えばストーンウォールの魔法だろうか。

いてもおかしくはないが、『赤い守護熊』には魔法使いがいたんだな。この世界には意外と魔法使いは少なく、俺がこの世界に来て見た魔法使いはジークリンデお嬢様、推定転生者のアリスに続いて三人目だ。

俺も味方に魔法使いが欲しいな。

なんにしろ、これで正規メンバーは一面だけに対応すればいい。そして非正規メンバーは完全に壁の外に切り離されている。

それからすぐに壁の外の非正規メンバーは全滅し、さらに一時間正規メンバーが崩れなかったせいか、コボルトの勢いが止まって壁の入り口で睨み合いになる。

その時『赤い守護熊』側には、負傷したらしく後ろに下がった者はいるが正規メンバーに死者はなし。逆にコボルトはさらに百体は殺され、残りは二百四十体程度。コボルト側は戦闘前に比べて四割が消耗、『赤い守護熊』側も四割を消耗させたが非正規メンバーのみ。損耗度から言えば五分五分だが、まだコボルト優勢とも言える。

このまま膠着が続く、とはならない。

俺は『探知スキル』によって、コボルトの群れの最後尾に強個体がいるのに気づいていた。しかし、それが壁の入り口の前に出てきたからだ。強個体が前に出てきた事によって、他のコボルト達もまた勢いを取り戻して『赤い守護熊』を攻め始める。

だが、そこで『赤い守護熊』の奥に控えていた二人の人間が前に出る。一人は冒険者ギルドで見たハルトヴィンだろう。『探知スキル』によってその強さが伝わってくる。そしてもう一人はハルトヴィンに匹敵する、もしくはそれ以上の強者のようだ。その二人の参戦によって勢いを増したコボルトを押し止めている。さらに奥で先ほどの魔法使いが決定打の準備を始めたようだ。


ズドン。

突然、コボルト達の上に天井から石の柱が落ちてきて、圧《お》し潰した。一度目の魔法以上の轟音と振動が俺達を襲う。

嘘だろ。

遠めに見て石の柱は恐らく幅十メートルはあるのだろう。今の一撃で、強個体を含めて四十体近くのコボルトが即死、もしくは瀕死になった。

そんな攻撃を使えるのならもっと早くから使えばとも思ったが、『赤い守護熊』達の奥にいる魔法使いの強さが急激に減少している。恐らく今の魔法で魔力的な何かの大半を使い切ったのだろう。だから『赤い守護熊』は、コボルトを指揮しているとみられる強個体が現れるまで魔法を温存していたと考えられる。


周りを見回すと、ヴァルブルガもインゴたちも呆然としている。きっと俺も同じ顔をしているのだろう。

それにしてもあの魔法、ヤバイな。

天井までの高さは十～十五メートルくらいか。仮に石柱の速さが自由落下と同じとして、石柱の出現と同時に気づいたとしてもまず逃げられないだろう。俺がそんな、ある意味呑気《のんき》な事を考えていた時だった。

「ギャアーーーッ」

「ゲェアーーーツ」

「ギャギャーーーッ」

コボルト達が、石柱の周りで絶叫なのか遠吠えなのかを上げ出す。そら、目の前で自分達のボスや仲間達が一瞬で圧殺されたら、泣き叫んでもおかしくはない。

「イギャーーーッ」

「ギャガァーーーッ」

「グォアーーーツ」

そうして、凡そ全てのコボルトが吠えているように思えた次の瞬間、コボルト達が四方八方に走り出した。

あれ、マズくね。

□

『赤い守護熊』の魔法によって、リーダーと思われる個体が圧し潰されるとコボルト達は叫び声を上げて四方八方に逃げ出し始めた。そしてそのうち、五匹ほどが真っ直ぐに俺達の方へと向かってくる。

まさに脱兎の如く逃げ出しているのだろうが、この凹凸のある岩場にも拘らずまるで人が平地を走るくらい速い。退避は間に合いそうもない。

「エラは松明をその場に置け。全員、道の脇に避け、岩の隙間に身を隠せ」

「おいおい、大丈夫なのかよ」

俺はそう言い放つとランタンの笠《かさ》を下げて光を隠し、ヨーナスの声を無視して横穴の脇の岩の隙間に身を隠す。ヴァルブルガやインゴ達も急いでそれに倣《なら》う。そしてそこにコボルト達が走り込んできた。

ここまで来たコボルト達は、エラが置いた松明を見て足を止め周りを見回している。だが周囲よりもより背後を気に掛けているようだ。背後からはまだ戦いの喧騒が聞こえてきている。逃げ出すコボルト達を『赤い守護熊』が追撃しているのだ。

光に照らし出されたコボルトというのはゲームで見たような毛の生えた犬人間のような魔物ではなく、どうも魚と言うべきか亀と言うべきか白っぽい鱗《うろこ》のような物で体を覆われた猿のような魔物だ。服や鎧のような物を着けている者もいるが、靴は履いていない。

明らかに人よりも速い速度で移動していたが、両手を岩に掛けながら四つ足の蜘蛛《くも》のように駆け登ってきていた。確かに岩場を無理に二本足でバランスを取りながら進むよりも、寧ろ最初から手を突いて進んだ方が速いかもしれない。

それにしても、気持ち悪い外見だ。そんな事を考えていたのが悪かったのか、コボルトのうち一体が俺の方へと向かってくる。俺の『探知スキル』で気配を探ると、さらに一体が反対側のインゴ達がいる方へと向かい、残りの三体は横穴を俺達が来た方へと逃げていく。

「チッ」

思わず舌打ちが漏れる。

すっげー嫌だが、俺は槍を構える。

コボルトは俺の目の前まで来て、驚いたように動きを止めた。

なんだよ、気づいてなかったのか。

洞窟で戦っていた時には何か武器を持っていたようだが、目の前の奴は四つ足で走ってきたせいか何も持っていない。変な間で見つめ合う俺とコボルト。その距離は一メートル。


カサ。

小さな音だったがコボルトは跳ね上がるようにして振り向く。闇の中から剣が振り下ろされ、コボルトの首を斬り付けた。コボルトが俺に気を取られ、背後から近づいていたとはいえ、物凄く綺麗な剣閃《けんせん》で首を斬り裂き、その衝撃でコボルトが後ろに倒れていく。


「ギィーーーッ」

その声が聞こえたのは、俺の目の前のコボルトからではない。その声を発したコボルトはインゴとヨーナスの槍を受けて逃げ出す。元気《げんき》溌剌《はつらつ》で逃げていくので、恐らく槍は当たっていなかったのだろう。

そして俺の目の前で倒れたコボルトの後ろには、顔に恐ろしい傷を持つ目力の強い女が立っていた。まあ、エラの置いた松明の光だけなので、逆光でその顔はよく見えないが、見えたら怖かったかもしれん。

うん、コイツ、ポンコツだけど剣の腕は確かなんだよな。伊達《だて》に長年剣の修行をしていないか。

「ヴァル、よくやった」

「ご主人様」

なんだ、様子がおかしい。

棒立ちで首から血を噴き痙攣《けいれん》するコボルトを見つめ、それから徐《おもむろ》に返り血を滴らせる自分の剣を眺める。

え、もしかして生き物を殺してショック受けてるの。お前、実家で剣の訓練してたんじゃなかったの。

そういえば、初戦場で敵と戦う前に気絶して奴隷になったんだっけ。俺が買ってからの戦闘と言えばトロールだけだが、殺したのはアリスか。

うそぉ、そういうの現地人は平気で、ショックを受けるのは俺やアリスじゃないの。

グラリと倒れ込むヴァルに、俺は避けようとしたが巻き込まれて下敷きになる。

痛《い》てぇ。

頭はなんとか持ち上げていられたが、岩に打ち付けられた背中や尻が痛い。なんでこういうのは

『探知スキル』が働かないんだ。いや、働いてたが俺の気が抜けていて反応できなかったのか。

今のこの体勢は、顔を胸の間に突っ込むほどじゃないが、ヴァルの首の辺りに俺の顔。そして立てられた俺の右膝をヴァルが股で挟んでいるような状態だ。右足に押し付けられる、ヴァルの内腿《うちもも》の感触は柔らかいが、ヴァルが胸に着けた革鎧からは昔嗅いだ剣道の面の裏側の臭いが漂ってくる。ヴァルは気を失っているようだが、俺は躊躇なく横に押し退けて上半身を起こす。

『探知スキル』によると、周囲二十メートルに生きているコボルトはいない。エラが落とした松明の明かりで横穴を見回すと、反対の壁際でインゴ達が座り込んでいる。まあ、無事のようだ。

俺は落としたランタンを確認したが、壊れてはいない。ランタンの笠を上げて、ヴァルの顔を照らす。

怖い、じゃない、僅かに動きがあるので、気を失っただけだろう。

そう思っていると一番にエラが起き上がり、槍を手に近づいてくる。コボルトの死体を見た後、俺の傍に膝を突いて顔を覗き込みながら小声で言った。

「大丈夫？　おっぱい揉《も》む？」

□

大丈夫？　おっぱい揉む？　だとぉ。

ここまでエラと距離を縮めるようなイベントは一切なかったが、この洞窟の暗闇がエロい気を催《もよお》すのか。ビッチだしな。

屈み込むエラは、麻のシャツの胸元を心持ち引っ張り見せつけてくる。エラのシャツは襟ぐりが無駄に広く、屈むと見えそうになるその大きな胸を振るわせている。

揉むか。ちょっとくらい。

『探知スキル』で見ても周りに敵はいない。インゴ達とは若干距離があるし周りは暗い、エラ自身の陰になっていて揉むだけなら見えないか。

いや、声でも上げられてインゴ達と揉めても面倒だな。だが、きっぱり断るのも惜しいか。

「まあ、後でな」


ちょっと勿体ないが、クールに答えておいた。

「うん。今夜、行くね」

来るのか。まあ、いいか。とりあえず、ヴァルブルガの頬を軽く叩いて起こす。

「ぶっ、ご主人様？」

「さっさと、撤退するぞ」

俺はヴァルの小さな悲鳴を無視して、インゴ達に撤退を指示した。

俺達は『亜人の顎』から離れ、横穴を大空洞に向けて下《くだ》っていく。コボルトと争った所からしばらく離れた頃、ヨーナスが不平を言い出した。

「おい、危険はないんじゃなかったのかよ」

「第一区から出てはいない。約束通りだ。それに俺の指示通りにしていれば、大して危険はなかったろ」

思い当たるところがあったのか、黙り込むヨーナス。そこで、行きとは逆にヨーナスよりも覇気のない声でインゴが声を上げた。


「なあ、レンさんよ。さっき二十人死ぬとか言ってたけど、なんで分かるんだ」

行きでは『お前』呼びだったのが変わったな。

「コボルトの増援が来た時、『赤い守護熊』側は円陣を組む者と、その外にいる奴がいたのは分かったか？」

「え？　ゴチャゴチャ動いていたが、そんなだったか？」

「前者は統率が取れてたから、恐らく『赤い守護熊』の本団員。後者は『命知らずの狂牛団』のような臨時団員だろう。それぞれ三十人と二十人ぐらいだったが、外にいた連中はコボルトに囲まれて死んだ」

「マジか。よく見えたな」

松明が大量に撒かれていたとはいえ、暗闇も多い洞窟の中で肉眼だけで見分けるのは難しいだろう。俺は『探知スキル』のお陰で把握できたが。

「全てを目で見た訳じゃあない。全体の動きと、打ち合う音や怒声、その他の気配から予測できる事だ」

それっぽく解説したが、本当は『探知スキル』の能力だ。だが、どうやらこれがヴァルブルガの琴線に触れてしまった。

「ご主人様、凄い！　大魔導士マルティーン様の千里眼みたいだな。私は『輝ける太陽の翼』の物語で、マルティーン様が千里眼で黒騎士の魔術を見破る件《くだり》が大好きなんだ」

誰、そのマルティーン様って。っていうか『輝ける太陽の翼』って前にも聞いたな。ヴァルの故郷に伝わる英雄譚《えいゆうたん》だったか。いつも黙って厳しい目付きのヴァルが、嬉々《きき》としてマシンガントークを始めたからインゴ達が引いている。

「ヴァル、静かにしろ。敵が集まるだろ。それに俺にそんな超能力か魔法のような力はないぞ」

「すっ、済まない」

ヴァルがシュンと顔を伏せた。

それからも、逃げたコボルトがいるかもしれないから警戒しろとも言ったが、洞窟に入って早五～六時間で疲労も蓄積し集中力も欠いたのだろう。インゴ達がぼそぼそとお喋りをしながら進んでいく。まあ、周りに敵もいないしあまり煩く言う必要もないか。

それにしてもダンジョンの中はキツイ。魔物との遭遇はゲームほどじゃないにせよ。まあ、ゲームのように頻繁に魔物と遭遇して戦っていたら、一時間もしないで体力を使い切るだろうが。

だが、暗闇というのが思ったよりネックになる。明かりの為に片手が塞がるし、もし道を見失うとランドマーク的な物も少なく見え辛いので、二度と復帰できなくなる可能性もある。何より長時間暗闇の中にいるのは精神的な疲弊も大きい。

恐らく洞窟内でGPSのように位置を確認する根本的な対策はないだろうから、明かりを絶やさずよくよく地図を確認しながら行くしかないのだろう。


そんな事を考えながら『迷宮門』に向かって大洞穴を通り抜けている時だった。

上か。どこかから近づいてきた訳ではなく、急に天井付近に現れた危険な何かが落下してくる。落ちる先は。俺は天井を見る前に落下地点を予測して前を見る。エラか。

「危ない」

「あうっ」

俺は咄嗟にエラの横まで跳び、腕を引いて横へと引き倒す。エラが変な声を上げた。足場が悪く、俺もエラも横倒しになってしまった。

ベシャリという僅かな音が横から聞こえる。何が落ちてきた。俺は半身を起こすと手に持ったランタンで足元を照らす。

エラがいた場所には緑色のヘドロのような物が広がり、一部がエラの膝下に掛かっていた。

□

それが落ちてきた音はとてもとても小さな音だった。ベシャリ。ちょうどエラの頭の真上から落ちてきた。落ち始めるまで俺の『探知スキル』でも、まるで岩か何かと同じようにしか感じられず、そこにいるのに全く気づかなかった。

ギリギリだった。落ちてきて初めて襲ってきているのに気づいた。ギリギリ手を伸ばし、引き倒した事でエラは直撃を免《まぬが》れた。免れたのは直撃だけだが。

エラのいた岩場の上に落ちたそれは、まるで泥のようにそこで弾けて広がった。だが、そのランタンの光の中で見たそれは、泥とは違い淡い緑色をしており僅かにヌルヌルと蠢《うごめ》いていた。

そいつの名はグリーンスライム。

グリーンスライムの事は冒険者ギルドで聞いていた。第一層で最も恐ろしい魔物だと。気配を悟られる事なく突然、天井から落ちてくる。それを被った者は、じわじわと体に沁《し》み込まれ、沁み込んだ部分から人からグリーンスライムに置き換えられていく。

だが度々《たびたび》目撃される割には、その凶悪な性質を持つグリーンスライムに殺される冒険者は意外なほど少ない。まず天井から落ちてくるグリーンスライムだが、人に直撃する事は非常に少ない。そのほとんどは人から外れ、ただ地面へと落ちる。

落ちたスライムは、弾けて人の体に掛かる事がある。スライムはその一部でも人の体に取り付け

ば、そこから人の体を侵食しスライムへと変えていく。ヘドロのような体は剣で突き刺しても切る事はできない。手で取り除こうとしても、手に移るだけだ。しかし火で焼く事はできる。当然、人に付いたスライムを焼けば、人も火傷を免れないが。

俺の目の前にグリーンスライムがいる。ゆっくりとだが、蠢いている。そしてエラの左脚の膝下にもベットリと付いている。エラの脚に付いたグリーンスライムは、焼かなければいけない。だが、女の脚に大きな火傷の跡を残すような役はやりたくない。恨まれそうだからな。

よし、人に押し付けよう。

「インゴ、エラの脚にグリーンスライムが取り付いた！　エラの松明を拾って焼け！　早くしないとエラがスライムに溶かされるぞ。ヨーナスはエラが暴れないよう、押さえておけ！」

「エラ！」

「スライムだって!?」

経過は割愛するが、俺が指示した通りヨーナスがエラを押さえ、インゴがエラの脚のスライムを焼いた。予想通りエラは大層痛《たいそう》がり、左脚に大きな火傷の跡が残った。泣き叫ぶ女の脚を焼くなんて気分が悪くなりそうだし、自分でやらなくて良かった。

俺はインゴの持つ松明から、新しい松明に火を移し足元のグリーンスライムを焼く仕事をしていた。ヴァルブルガは俺の横に隠れるように、エラの脚が焼かれる様子を覗き込み、吐きそうにしていた。

お前、本当そういうの弱いよな。剣の修行時代、怪我する奴とかゴロゴロいたんじゃなかったのか？

それにしても、また探知スキルで気づけない敵か。

なぜ、気づけなかったのか。スライムは人が真下を通るまで、岩か何かに変異して非活性化しているのか。そして人が通るとまるで熱感知センサーが働いたように、待機状態から活性化して落ちてくるのか。分からないな。

なんにしても不幸中の幸いと言うべきか、スライムが顔に掛からなくて良かったぜ。

それから松明を持つヨーナスを先頭に、インゴがエラに肩を貸し、その後にランタンを持つ俺とヴァルが続くように地下洞窟を進む。ヨーナスは今まで以上に緊張したように時々天井を見上げる。エラが痛みに呻《うめ》き、足を引き摺って歩くのを、インゴは励ましの声を掛けながら進む。ヴァルも俺の後ろで周囲を警戒している。俺は『探知スキル』により意識を割いていたが、幸い敵は近くにいないようだった。

これがテレビゲームなら、今回の探索は他人の戦闘をイベントで眺め、雑魚敵コボルトを一匹討伐。スライムに少しダメージを喰らうが、他に負傷はなし。なんの感慨も湧かない初期イベントだろう。しかし、リアルになると暗い洞窟に精神的に疲労し、仲間の女が痕の残りそうな火傷を負ってパーティーのメンバーは全員意気消沈。

大体において暗闇の洞窟の奥というのが恐ろしい。もし明かりを失ったら、もう帰る事はできないだろう。壁に手を付け、地図の記憶を頼りに進もうにも、小さな支道や溝も多く途端に自分の位置を見失う。万一彷徨《さまよ》った後で明かりを手に入れ周りを見回したとしても、岩ばかりで目印になるような物もなく、自分がどこにいるのかどっちに進めばいいのか分からない。

そんな所に何時間もいるというのは正直キツイ。これがもっと奥に行って数日過ごすなんて思うと、まるでダイビングボンベを背負っているとはいえ、帰り時間を誤ったら戻れなくなる水中探検のような重圧を感じる。楽しいダンジョン攻略なんてとんでもないな。

「ふぅ〜〜っ」

「ご主人様、大丈夫か」

「ああ、気は滅入《めい》っているが一応、大丈夫だ。もう一息だ。頑張ろう」

大洞窟を抜けて上り坂を上がっていくと、最初に見た石畳が見えてくる。

「よう、お帰り」

『迷宮門』の迷宮書記官のカスパルが声を掛けてきた。

アントナイト採掘準備

「これはカスパルさん、お疲れ様です。今朝からずっとここにいるのですか。大変ですね」

俺はカスパルに挨拶を返す。

彼と話す事でもうすぐ迷宮を出られるという実感が湧き安堵《あんど》する。

「ああ、当番の日は一日ここにいるんだ。もっとも、そんなに出入りはないから大変という事はない。むしろ暇な職務だよ。ところで彼女の脚はどうしたのかね」

彼はインゴの肩を借りて歩くエラを見て言う。その言葉にインゴ達は誰が答えるか互いを見合っていたので、俺が答える事にした。

「グリーンスライムですよ。大洞穴で落ちてきたんです」

「大空洞でグリーンスライムが落ちてくるなんて、年に何回も聞く話じゃない。運が悪いな。いや生きて帰れたんだから、運がいいと言うべきか」

「運がいい訳ないだろう。いきなり脚をやられたんだぞ」

カスパルさんは慰めのつもりで言ったんだろうが、インゴは気が立っているのか大声を出す。

「インゴ、カスパルさんは嫌味で言ったんじゃない。迷宮に入って最初で死ぬ者だっているのに、死ななくて良かったって話だ。カスパルさんも俺の連れがすいません」

「いや、私も少し無神経だったかもしれない。悪かったな」

俺はインゴを嗜《たしな》めた後、カスパルさんに詫びた。カスパルさんも気を使ってか謝ってくれたが、インゴはそれに顔を背ける。

「インゴ、大丈夫よ。私、昔から傷の治りとか早いし。きっとすぐ良くなるから」

エラがそう言うと、インゴは顔をそむけたまま彼女に肩を貸してカスパルさんの横を通り過ぎる。

まあ、田舎から出てきてすぐに迷宮で稼げると思っていたようだから、入って出るだけで怪我したというのはショックだろうな。若いし、仕方がないっちゃ、仕方がない。

「すいません」

俺はもう一度謝ってカスパルさんの横を抜けた。


「じゃあな。また機会があったら頼む」

『迷宮門』を出た俺はそこでインゴ達に銀貨十五枚（一万五千円）を渡して別れを告げる。脚を負傷したエラには悪いが、この世界には労災なんてないので最初に約束した分の報酬だけを渡した。

インゴ達はエラの脚に落ち込んでいるが、俺に当たるような事は無く素直に帰っていった。

そのまま真っ直ぐ『幸運のブーツ亭』に戻った俺達だが、宿に入った時には日も暮れていた。

「お疲れ様でした。食堂に行けばもう夕食を食べれますよ」

宿の主人アーブラハムが俺達に丁寧に声を掛けてくれた。物腰の柔らかいこの主人は、穏やかな微笑みを浮かべているが、頭はバーコード状に禿《は》げて脂が照り、体は太目《ふとめ》で腕はハムのようだ。まさに脂《アブラ》ハム。

だがそんな事はいい。俺は納屋に回ってクルトに声を掛ける。クルトはずっと納屋で休んでいたようで、トロールに付けられた傷はもうだいぶいいようだ。万一に備えて彼の食料として置いていった三日分の芋と蕪は、もう半分食べたようだがまあ仕方ない。

それから部屋に戻って服を着替える。

一日ダンジョンで歩き回っていたので汗と埃まみれだったから、シャツを替えるとスッキリした。ヴァルブルガには先に部屋に戻らせていたので、俺が部屋に入った時には着替えは終わっていた。別に必要ないが、着替え中に扉を開けてきゃっ、みたいなサービス精神はヴァルにはない。

宿の食堂に下り、空いているテーブルに着いたところですぐに食事が出てきた。

オートミール（オーツ麦）と少々の野菜、ベーコンを山羊《やぎ》か何かの乳で煮た、いわゆるポリッジという奴だ。日本にいた時にコーンフレークと間違えてオートミールを買った時は、その淡白で微妙な味に消費に困ったが、この宿のポリッジはまあまあ食べられる。それとも俺が疲れ、空腹だからだろうか。前に座るヴァルを見ると美味しそうとは言わないまでも、文句も言わずにバクバク食べている。

食事を終え、エールを飲んでいると宿の給仕の少女ニコルがやってきた。彼女は愛嬌《あいきょう》があって、話好き。いつもキッチリと肩下までの赤い髪を三つ編みにして左右に下げている。垂れ気味の目を見ると、日本の某放送局のアナウンサーでもそういうタイプが流行《はや》っていたのを思い出した。

「レンさん、お客さんが来ていますよ」

「ん？　誰だ」

「うふふっ、私は名前を聞いてませんが、レンさんが呼んだんじゃないんですか」

ニコルはそこまで言うと口を俺の耳に寄せ、小声で話す。

「ちょっと田舎者っぽいですけど、おっぱいの大きい子ですよ」

ぐはっ。エラか。来るって言ってたけど、火傷もしてたし今日はないと思っていた。っていうか、あの怪我でよく来たな。そしてニコルちゃんに知られたくなかったぜ。

□

「おっぱい好きなんでしょ。たんと召し上がれ」

宿のエントランスで会うと、怪我の様子を聞こうとした俺に、エラはぎゅっと体を寄せ、そんな事を囁く。そしてそこから体感十分、実測三十分ほど、俺は干からびていた。ご馳走《ちそう》を口一杯に詰め込まれ、止めて、お願い、それだけは、と言っても、まだ入るでしょ、とさらに押し込まれる。そんな事が起きた気がする。たった今、「時間」が飛んだぞ。魔空《まくう》、いやマシュマロ空間に引き摺り込まれたのか。

フラフラしながら、それでもエラを宿のエントランスまで送ろうとすると、そこで待つヨーナスと目が合ってしまった。なぜ、ここにいる。エラを探しに来たのか。しまったヴァルがいない。ここでエラに何をした、と殴り掛かられたら今の俺は『探知スキル』があっても躱せる自信がない。

と、一瞬で頭を回したが、ヨーナスは俺に目礼《もくれい》するとエラと一緒に出ていった。エラはメチャメチャ笑顔で手を振っていた。

なんだったんだ。頭が回らない。ひょっとして夢だったんじゃないだろうか。その時、俺の耳に二人の話し声が聞こえる。


「エラ、大丈夫か」

「うん、元気元気。ヨーナス君とインゴ君と宿のお友達と、酒場のお友達と、夜が明けるまでにみんなと遊べるよ」

「いや、そうじゃない。脚の怪我の事を聞いたんだが」

頭を振って宿の階段を上がる俺。この辺りの例に漏れず宿の階段は暗いが、それでも客の為に一個でもランプを置くこの宿は良心的な方だろう。廊下はさらに暗く、俺の部屋の中も小さな窓から取れる星明かりだけの暗闇となっていた。そんな部屋の隅、顔に恐ろしい傷のある女が死んだ目をして体育座りしていた。

いるのを忘れていたが、部屋を出るタイミングを逃し、惨劇を目撃したのだろう。動く事もできずただ見続けるだけ。まるで時空から切り離され、透明人間になった気がしたに違いない。

俺は暗闇の中、右手を顔に当て、左手でヴァルを指して言った。

「ヴァルブルガ！　貴様！　見ていたなッ！」

無言。

圧倒的無言。

俺達はその後、一言も喋らずその夜を過ごしたのだった。

□

ペルレ大迷宮から戻ってきて翌日、俺は『幸運のブーツ亭』のベッドで目を覚ました。迷宮で疲れたせいか、前日の夜の襲撃のせいか、起きた頃にはすでに九時頃にはなっていた。日本の休日ならそこまで遅い時間ではないかもしれないが、夜明けと共に起きるのが基本のこちらの世界ではかなり遅い起床となる。

「朝飯を食いに行くか」

「承知した」

俺は、ヴァルブルガと二人で下に下りて朝食を取る。二人の間に会話は少なく、いつも以上の距離を感じるが、そこに文句を言うつもりはない。

朝食のメニューはパンとスープ。パンは人の顔ほどもある、膨らんだ円盤状に堅く焼かれた物で、それを四等分にカットした物が一人分だ。スープは昨日のオートミールの残りをお湯と少量の野菜で増量した物か。

食べ終わった頃に、給仕の少女ニコルが少し意地悪そうな笑みを浮かべてやってきた。

「もう、レンさん。起きるの遅いですよ。こんな時間に食べるの、レンさん達だけなんですからね」

「ああ、ごめん。気を付けるよ。昨日は大迷宮に入っていて疲れてたから」

「え～～っ、レンさん冒険者なんですか。商人さんかと思っていました」

「いや、商人だよ。大迷宮でいい物が仕入れられないか調べてるんだ」

「すご～～い、頑張ってくださいね。でも、夜は頑張りすぎて起きられなくならないよう、気を付けてくださいね」

くそ、それが言いたかったんだな。十代っぽい女の子にそんな事を言われると、恥ずかしいし対応に困る。

「ああ、面目ない」

俺は食器を片付けていくニコルの三つ編みを見送った。


朝食を終えた俺は、シルキースパイダーの布を売った仕立屋に来ていた。

「なあ、ペーターさん。前に言っていたアントナイトだが、採掘してた奴らって覚えてるか」

アントナイトというのは地球にはない青い金属で、銅より高く銀より安い金属だ。大迷宮で採掘できるらしいが、最近採掘する者がおらず不足しているらしい。衝撃に弱く硬度もそれほどでもないので武器防具には使えないが、色は綺麗なので家具や調度品、安価な装飾品に使われるとの事だ。

「『宝石土竜《ジュエル・モール》』って採掘専門の冒険者パーティーが居たんだが、三年前に中核メンバーが怪我して引退したんだ。採ってきてくれるのかい？」

　このペーターさんは王都の布問屋ヴィルマーさんの長年の取引相手であり、ペルレの仕立屋の顔役のような人物でもある。俺は以前来た時に、ペルレの仕立屋達がアントナイトのボタンを手に入れたがっていると聞いたのだった。

　割とニッチな需要だが、後ろ盾のない俺のような零細商人には、シルキースパイダーの糸のようなメジャー商品よりも手が出し易い。なお、シルキースパイダーの糸の採取場は『笑い蜘蛛《ラフィング・スパイダー》』という組織《クラン》が囲い込んでいる。

「まだ行けるか検討してる段階だよ」


　その後、アントナイトについて色々聞き取り、『宝石土竜』の一人、黒ひげのトビアスの住所を聞いてペーターさんの店を後にした。

　トビアスは解散の原因となった怪我をした冒険者だが、幸い小金を貯め込んでいて、ペルレの外壁近くの小さな店を買い取って夫婦で雑貨屋をしているとの事だった。他のメンバーの行方はペーターでは分からなかった。

　俺とヴァルは職人街の仕立屋を巡《めぐ》ってアントナイトや『宝石土竜』、他の需要のありそうな迷宮産の物資について聞いて回ったが、ペーターさんから聞いた以上の大した情報は得られなかった。

　起きるのが遅かったのもあって、職人街を回るともう二時過ぎになってしまった。

　ヴァルが恐ろしい目つき（通常運転）で空腹を訴えてきたので、大通りに戻って屋台を探したが半分以上は閉店していた。

ペルレに来て気に入っていた肉巻の屋台も店じまいを始めていたので、仕方なくチョリソーと砂糖の入っていないビスケットという微妙な組み合わせのランチになってしまった。

いつもの肉巻屋が帰っていくのとすれ違ったので、俺はなんの気もなく声を掛けた。

「ちょっと、遅かったな。もうお終いかい？」

「ああ、兄ちゃん。もう売り切れ御免だぜ。ガッハッハッ」

この浅黒い陽気なハゲは、小柄な割に銅鑼《どら》を鳴らすような大笑いをする。思わず数人の通行人が振り返っていた。そういえば、このオヤジも元冒険者っぽい風体《ふうてい》で、足を引き摺っている。そんな都合のいい偶然が俺にあるとは思えないが、一応聞いてみるか。

「なあ、アンタ。昔、『宝石土竜』ってパーティーにいた黒ひげのトビアスって知らないか？」

「えっ、俺だけど？」

えっ、コイツなの。確かに小柄な割に筋肉質でモグラっぽいけど、ひげないじゃん。

アントナイトの鉱床の場所について聞くと、店の後片付けを手伝わされ、彼の家への運搬まで手伝わされたが、そのまま彼の家で奥さんにお茶をもらいながら話を聞く事ができた。鉱床への案内は断られたが、採掘の仕方等については教えてもらえた。

そして『宝石土竜』のメンバーではなかったが、何度か荷運びに雇ったディルクという男ならまだペルレで冒険者をしていると聞けた。ディルクは『酔いどれ狸亭《ドランク・ラクーン》』という酒場にいる事が多いらしい。

その日の日暮れ頃、俺とヴァルは件《くだん》の酒場を訪れた。

ドガン。ザザー。

そして丁度その時、例の酒場からトビアスから聞いた風体の男が投げ出され、俺のつま先の前に顔面を打ち付けたのだった。

□

俺が男の頭を避けて少し後退ると、男が震えながら起き上がろうとした。だが男が起き上がる前に、酒場から別の男が顔を出して罵声を浴びせ掛ける。

「おい、ディルク。お前ももう歳なんだからよぉ。半人分でも分け前をもらえるならありがたいと思いやがれ。それが嫌なら引退しやがれ。もっとも金のないお前じゃ野垂れ死にだろうがな。ひゃっひゃっひゃっ」

酒場から顔を出したのは、二十代の中肉中背のこれといった特徴のないチンピラ風の男だ。ただ、その男の顔は叩き出されて俺の足元にいる男を見下し、嘲笑《ちょうしょう》し、下品に歪《ゆが》んでいる。

開いた扉の奥には、大柄なハゲマッチョと赤髪の鋭い目つきの長身の男がいたが、目が合いそうになって俺は慌てて目線を下げる。若いチンピラは、一頻《ひとしき》り悪態をつくと顔を引っ込めた。

俺の探知スキルによると、その狭い酒場の中には七〜八人はいるようだ。そしてその中でもハゲと赤毛は危険度が高いと出ている。


「うぅぅっ。痛《い》ちちちっ」

酒場の扉が閉まった後で、男は体を起こした。チラリと隣のヴァルブルガを見たが、騎士ムーブを起こして助け起こそうという気はないようだ。まあ、ちょっと臭そうなチンピラ風のオッサンに、近づきたいとは思わないか。

「おい、アンタがディルクかい」

声を掛けると目の前にいる俺にやっと気づいたようで、顔を俺に向ける。ぼさぼさの茶色い髪を目の上まで垂らした不衛生そうな、俺と同じような身長のやや痩せ型の四十男だ。草臥れた革鎧を着け、左腰に小剣と短剣を差している。

「あ〜、そうだが。なんか俺に用か」

殴られたのだろう、赤く腫《は》れた左頬を押さえながら返事を返してくる。

「俺はレン、商人だ。アンタに仕事を回せるかもしれない。『宝石土竜』って知ってるかい」

仕事という言葉で、男の顔がニヤリと歪んだ。美少女ならニッコリ微笑んだ、なんだろうが小汚いオッサンだとこういう表現になってしまう。今日会うのはオッサンばかりでちょっと凹む。

「そいつは豪儀《ごうぎ》だな。アイツらの仕事なら何度か付き合ったぜ」

酒場の狭い窓の奥からこちらを窺う不快な視線を感じる。これは赤髪の男か。俺は背筋をブルリと震わせた。俺が銀貨を一枚その男に放ると、男はそれを慌ててキャッチした。

「風呂に入ってしっかり体を洗ってから、『フォルカー酒場』に来てくれ。ちゃんと臭いが取れてたら飯を奢《おご》ってやるよ」

男は人懐っこい笑みを浮かべる。抱き付いてきそうな勢いはあったが、そうはしなかった。自分が臭い事を承知して、空気を読むのは年の功か。

ちなみに『幸運のブーツ亭』に呼ばなかったのは、寝床を知られたくないと言うよりも、ニコルに顔を顰《しか》められたくなかったからだ。風呂に入っても服の臭いは取れないだろう。

『フォルカー酒場』は『幸運のブーツ亭』の裏の通りにある安酒場で、気を使わなくていい相手と会う時は利用しようと思っていた。店主がフォルカーというらしいが、どうでもいいか。

「ああ、旦那。そうは待たせねえよ」

「待つのはいいから、しっかり洗って来てくれよ」

俺達はディルクと別れて、『幸運のブーツ亭』へと向かった。

「なあ、ご主人様。あんな奴を雇って大丈夫なのか」

『幸運のブーツ亭』への道すがら、珍しくヴァルが口を出してきた。まあ、あんな見るからに浮浪者といった男を雇うなど、元貴族のヴァルからすれば嫌悪して当然か。

「まあ、実際に行った人間だからな。念の為の備えだよ。鉱床の位置はトビアスのオッサンにギルドの地図で確認したし、採掘もまあ、それほど複雑じゃあない。鉱床のある八区とそこまでに通る二区に現れる魔物と、その他の注意点も聞いている。でも何か思い違いがあれば、現地を知る人間なら気づくかもしれないだろ」

二区、八区共虫型魔物が生息する領域で、二区は通常サイズ、もしくは中型犬程度までの大きさの虫と、八区ではそれ以上の大きさだったり、より危険な虫と遭遇するらしい。

採掘に関してはツルハシ等で鉱床から岩を削り出した後、さらに小さく砕いてよりアントナイトを含んでいそうな青い鉱石を選んで持ち帰るだけ。

鉱床のアントナイト含有量はざっくり二〇%。それを選鉱《せんこう》によって五〇〜六〇%にする。アントナイトは一キログラム銀貨十枚（一万円）くらいなので、選鉱後の鉱石で二十キログラム金貨一枚（十万円）くらい。

行きで一日、採掘で一日、帰りで一日の全部で三日の探索と考えれば、一回で百キログラムは持ち帰りたい。

「むうう、だが信用できない味方は、敵より危険というぞ」

ヴァルが不満を隠そうともせずに意外と賢い事を言う。ポンコツっぽくても教養はあるという事か。

「ああ、お前がそう思ってくれて良かったよ。その調子でアイツを見張って、怪しい動きがあれば教えてくれ」

「承知した、ご主人様」

適当に仕事を振ってやると、やっと満足したのか、ヴァルが珍しく胸に手を当てて騎士風の礼をした。それが意外と様になっていてカッコいいのが、微妙にムカついた。くそ、ヴァルのくせに。

それから『幸運のブーツ亭』に戻った俺とヴァルは、夕食として珍しく出された鹿の肉を他の宿泊客と共に喝采を上げて食べた。そしてその後に『フォルカー酒場』へと行くのだった。

□

『フォルカー酒場』に行ってディルクと会った俺とヴァルブルガだったが、大した収穫はなかった。ディルクはアントナイト採掘の探索に一日銀貨二十枚（二万円）で同行する事に同意したが、これは彼の媚《こ》びた様子から既定路線だった。

彼とは三日後の朝に『迷宮門』で待ち合わせとした。まあ、中止になったらその時に『酔いどれ狸亭』に言いに行けばいいだろう。彼の定宿も聞いたが裏路地の奥の奥で辿り着けそうな気はしなかった。

約束通り『フォルカー酒場』特製の黒パン（ほとんどカビていない）とスープ（肉くずがほんのちょっぴり入っている）、さらにエール（俺とヴァルも飲んだが温くて苦かった）の一杯をディルクに奢ってやって（それ以上飲んだ分は自腹）、その日は別れて『幸運のブーツ亭』に戻った。

翌日から荷運び手段を探し始める。

ラノベによくある亜空間に荷物を仕舞えるアイテムボックス等のスキルや、同じ効果の魔法鞄等は持っていないので、現実的な手段を考える必要がある。ダンジョンは思った以上にアップダウンが激しく、馬やロバ、荷車等は使えそうもない。

すぐに思いつくのは人に運ばせる事だが、現代日本の成人男性が登山で背負う荷物が三十キログラム程度だっただろうか。街中でこの世界のプロの人足《にんそく》なら百キログラムくらいいけるかもしれないが、ダンジョンの凹凸と進行速度や逃走を考えるとやっぱり二十〜三十キログラムが妥当だろうか。敵から逃走する時は荷物を捨てるしかないかもしれない。

後は何か山岳のようなアップダウンも平気で、荷運びに使えるようなファンタジー動物がいないかも調べておきたい。馬のような蜥蜴とか鼠とかだろうか。ただ、そんな便利な動物がこのダンジョン都市で売ってたら皆使おうとするだろうから、見た事ないという事はいないか高いんだろうな。

□

「ん〜〜〜、ダンジョンでの荷運びとなるとやっぱり人足ですね。当ギルドで斡旋《あっせん》できますよ。六区までなら一日銀貨十〜二十枚、七区以降なら一日銀貨三十〜四十枚が相場です。こちらの木簡一枚で掲示板の使用料は一日銀貨一枚です。ん〜〜、後は荷運び用の魔物とかでしょうか。ヴァルヒ商会で扱ってるかもしれませんが、レアで高価なので普通の人が買うのは無理ですね。こちらは直接商会に問い合わせください」

まず冒険者ギルドに来た俺達は、お団子ヘアの職員ベティーナさんに相談してみた。と言っても彼女の説明は以上終了である。もう終わりましたよね、という顔をしている。そんなに働きたくないか。神経質男フロレンツ君や来るなオーラ美人イルメラさんは論外として、タヌキ中年ゲルルフさんが寝ていたので残りはボーっとした彼女に声を掛けるしかなかった。

そして人足を雇うのに口利き屋のような存在があるかとも思ったが、よく考えなくてもそれを担っているのが冒険者ギルドだった。それにしても人足一人に一日銀貨三十枚払うと、三日間の探索で一人銀貨九十枚掛かってしまう。鉱石は二十キログラムで銀貨百枚想定だから、護衛の費用も考えると人足一人に四十キログラム以上は背負ってもらわないと採算が取れないか。う〜ん、もうちょっと人件費を下げるか、運搬量をなんとかしなきゃならないな。俺がそんな事を考えながら冒険者ギルドを出ようとした時、絶望したような女の声が聞こえてきた。

「世の中の関節は外れてしまった」

声の主を探して見回すと、ホールの隅で酒を飲む三人組の中に、すらりとした体をやや威嚇するような黒衣で覆った女を見つけた。女は一人だけなので、先ほどの言葉は彼女のものだったのだろう。

「何それ、物語のセリフ？　変な事言ってないで、もうプロスペローの事は諦めなよ」

同じテーブルに座る少年がそう言うと、女がキッと目を剥《む》いて噛み付く。

「はあ、別にプロスペローなんてどうだっていいのよ。アンタ、馬ッ鹿じゃない。私がムカつくのは、仏頂面の退屈女エアリアルが私より先に結婚した事よ」


すると最後の一人、酒のせいか顔を赤くした大柄な男が、ニヤけながら口を開く。

「ガッハッハッハッ。欲求不満なら俺が抱いてやるぜ」

「死にたいの？　アンタみたいなアグリープアージジィ、お呼びじゃないのよ」

「はぁ、そんなこと言ってる場合じゃないんだけどな。ちなみにミリヤムは、どんな男と結婚したいの」

「それはお金持ちで、裕福で、気前のいい男よ」

「お金ばっかりじゃないか」

「私はね、大きなお屋敷に住んで、そこの女主人として沢山の召使達に傅《かしず》かれて暮らす運命なの。それにはお金持ちの男が必要なのよ」

「ガッハッハッハッ。なら俺達も『笑い蜘蛛』の絹蜘蛛《シルキー・スパイダー》や『黄金王の腕《ピグマリオン・アーム》』の金鉱みたいな迷宮のお宝を囲って金持ちになろうぜ。そしてぶちゅ～っと熱い夜を楽しむんだ。ガッハッハッハッ」

「キモッ。黙れこの酔っ払い。もうほんとなんなのよ、キィ〜〜〜」

「あぁ、やっぱりプロスペローがいないと、このパーティーは纏められないよ」

大男が大声で騒ぎ、女が激高し、少年が頭を抱える。

ダメだ、関わっちゃいけない人達だ。

それにしても、やっぱり迷宮の資源を囲うのが冒険者の成功の一つの型として、目標にしている者も多いんだな。まあ、アントナイトだけじゃそこまでのインパクトもないだろうが、それを足掛かりに儲けを出していけば、いつか俺も大きな屋敷に住んでやるぜ。

俺は今度こそギルドを出た。


迷宮の荷運び動物を求めてダメもとでヴァルヒ商会を訪れた俺達だったが、門前払いされそうになったものの、王都の布問屋ヴィルマーさんの下請けだと言うと大蜥蜴を見せてもらえた。

「カッパか、ハッ！　いや、すいません。それでこれがカウ・ゲッコーですか」

「カッパ？　なんですか？　ええ、そうです。これを扱っているのは、ペルゥゥゥレッ一《いちぃぃぃ》のヴァルゥゥゥヒッ商会だけでしょうけどね。まあ、なんと言ってもペルゥゥゥレッ一ですからね」

今、動物小屋に案内してくれた商会の男は少し額が後退しており、さらに肩までの長さの髪が頭の真ん中で左右に分かれているのでカッパかガイコツのように見える。思わず口を突いて出てしまったが、意味が通じなくて良かったぜ。

ヴァルヒ商会はペルレの大手で、主に農村から作物を集めて街に卸《おろ》している。多数の馬車や馬を持っており、街で必要とされる家畜等も作物と一緒に農村から連れてくる。街で最大の厩《うまや》や家畜小屋を持っており、珍獣の類もヴァルヒ商会で扱っている。

大蜥蜴は体高一・五メートル、背の高さが馬くらいあり、頭から長い尻尾《しっぽ》の先まで四メートルはある。体色は茶色っぽくて地味な見た目だ。これで平地なら百キログラム以上、ダンジョン内でも六十キログラムは積めるらしい。お値段金貨六十枚（六百万円）。

うん、無理だね。

ちなみにダンジョン内でも二百キログラムを運べる大蜘蛛もいるが今は在庫がなく、あっても金貨四百枚（四千万円）というさらに無理めな話だった。

翌日、俺とヴァルブルガはヴァルヒ商会のカッパ、いやイーヴォさんと一緒にペルレの郊外の農園に向かっていた。メリーさんに引かせた荷馬車には奴隷を乗せて。

□

今、俺とヴァルブルガ、そして久しぶりに連れ出したクルトはカッパヘアのヴァルヒ商会従業員イーヴォさんと一緒にペルレ郊外の農園に向かっていた。

農場主はバックハウス男爵といい、ちょっとややこしいが領地を持たない男爵がペルレ周辺を治めているコースフェルト伯爵の領内で土地を借りて運営している。

ちなみにペルレ周辺の土地はコースフェルト伯爵領だが、ペルレ市のみ王家直轄となっている。

今回、俺はある動物を入手する為に農園に向かっており、またヴァルヒ商会の奴隷運送の依頼を受けてもいる。

バックハウス農園はペルレから一番近い農園で、徒歩で三時間程度。

今回は朝、ペルレを出て昼に商談、夕方にはペルレまで戻る予定だ。

商会では最近、男爵と農園で働かせる奴隷の取引をしたが、三人だけ条件が合わずに取引が成立せず、不足分を今回持ち込む事になったらしい。

男爵としても急いではいないようだが、商会としては早めに対応して印象を良くしたいらしい。

雑談がてらイーヴォさんからこんな話を聞いた俺が、じゃあと手を挙げた形だ。ちなみにイーヴォさんは道中ずっとヴァルヒ商会の自慢ばかりをしていて、何かと『ヴァルゥゥゥヒッ商会は、ペルゥゥゥレッ――』と煩い。


まだペルレを出発して一時間程度だろうか。俺とヴァルが先頭に立ち、メリーさんを引く。そしてメリーさんが奴隷の乗った荷車を引いて、その横をイーヴォさんが歩く。最後にクルトが歩くが、その腰に結ばれたロープの先にはまた奴隷が三人繋がれて歩いている。

荷車に乗せた奴隷は軽そうな女性三人。クルトの後ろは男の奴隷だ。別段手枷《かせ》、足枷などは着いておらず、腰の紐が結ばれているだけ。それでも脱走奴隷は酷い目に遭う事が分かっているからか、逃げ出す素振りはない。まあ、まだ街を出て一時間だからな。

チラリと荷馬車を振り返ると、中の少女と目が合い、そしてさっと目を逸らされた。

うっ、そんな反応されると繊細な俺は傷ついてしまうぞ。

女性と言ったが、荷車にいるのは小柄な十代の少女ばかりだ。彼女達は農園で働く男性奴隷のお嫁さん候補である。


「お姉ちゃん、私たちだいじょうぶかな」

「大丈夫よ。他の農園と言っても、同じ村の人達と変わらない、いい人たちよ。きっと」

二人の少女がぼそぼそと話している。俺から目を逸らした少女は、声を殺して泣き始めた。

気まずい。超気マズイ。

あれ？

これって奴隷商人が魔物や盗賊に襲われて全滅したところを、主人公が来て助けるパターンじゃないのか。でも俺、奴隷商人じゃなくて荷物を運搬しているだけなんだけどな。

ペルレとバックハウス農園の間の道は王都までの道ほどではないが、俺がこの世界で最初に訪れた辺境の街周辺と比べるべくもなく平《なら》されている。割と岩の多い道ではあるが、結構長年通行量が多かったのだろう。

カタリ、と道の端の岩陰から音がした。一応、目を向けるがそれほど緊張はしない。俺の探知スキルで探知していたそれは家猫くらいの大きさで、危険な感じもほとんどしなかった。そいつが、ソロリと岩陰から顔を出した。

「豚鼻鼠《ブタバナネズミ》ですね」

ヴァルも顔色を変える事なく、一瞥してそう呟いた。名前の通り、汚い灰色の豚のような大きな鼻を持つ、醜い鼠だった。それはこちらに気づくと慌てて逃げていった。まあ、街の近くでそうそう魔物や盗賊に襲われる事もないだろう。

その後、何事もなく昼前に俺達はバックハウス農園に到着した。

バックハウス農園は二メートルほどの木の柵で囲われていた。結構見渡す限りが囲われているので、農園全体がこの柵の中なのだろう。道沿いに近づくと大きな門と見張り台があり、声を掛けられる。イーヴォさんが話すのかと思ったが、俺に言えと言うので俺が見張り台に聞こえるように大声を張り上げて、ヴァルヒ商会だと名乗った。なんでだ。

いそいそと門が開かれ、俺達は見張り台にいた男に招かれた。一応弓で武装しているが、農夫っぽい。

農園はどうやら手前に男爵の屋敷、その裏に使用人達の家、奥に農場が広がっているらしい。チラホラとザ小作人といった人々が働いているのが見える。屋敷の前まで見張りの男に案内され、中に入ると物凄く人の良さそうな小太りの男に迎えられた。

「やあ、イーヴォ君。この間ぶりだね、よく来た。それと君はイーヴォ君の部下かな」

「いえ、私は王都から来たレンという商人ですが、今回こちらの農園で買い付けたい物がありまして。奴隷の運搬がてらヴァルヒ商会様にご一緒させていただいたのです。後ろの二人は私の護衛です」

どうやらこの男がバックハウス男爵ご本人のようだが、気さくに俺にも声を掛けてくれた。ジークリンデお嬢様にも見習って欲しいものである。だが、イーヴォさんの部下ではないので、そこはキッチリ否定しておく。

「ほう、王都から来たのかね。それはいい。君達もこっちに来たまえ。あ〜、そっちの大きいのだけは悪いが、玄関の前で待っていてくれ。何か飲み物は出すように言っておこう。さあさあ、こっちだ」

俺達は気さくな男爵に屋敷内に招かれた。質量の割にパタパタ動くといった印象のフットワークの軽い人だ。クルトにも気を使ってくれるいい人っぽいな。まあ、農場で奴隷を働かせているんだが。

□

バックハウス農園の労働者は半分が自由身分の小作人、残り半分が奴隷なのだそうだ。だが屋敷の前まで案内してくれた男によると、この農園ではあまり奴隷かどうか区別なく割と仲良く働いているらしい。というのも、バックハウス男爵は労働者達の汗の最後の一滴まで搾り取るような働かせ方はせず、秋の収穫祭では小作人にも奴隷にも気前良く贈り物を贈るらしいのだ。カッパ、いやイーヴォさんの話では、ペルレ周辺で最も働き易い農園らしい。

連れてきた男の奴隷を見せるとバックハウス男爵との商談はすぐに済んだ。少女達も門の男の話を聞いて必死に自分を売り込み、無事引き取られた。それから少し俺の王都の話を聞かせた後、俺が求める動物もあっさりと売ってもらう事ができた。

商談はバックハウス男爵の執務室と思われる部屋で行われたが、紅茶にクッキーまで出してもらった。ヴァルブルガが涎《よだれ》を垂らしそうな勢いでクッキーを見ていたので、男爵に断ってから渡してやると大喜びしていた。そして、それを見た男爵も嬉しそうな顔をしてクッキーのお代《か》わりを出してくれた。いい人だ。


そうして予定通り昼過ぎに商談を終えた俺達は、バックハウス男爵の元を辞し、ペルレに帰る事にした。

バックハウス男爵には泊まっていかないかとも言われたが、二日後の迷宮探索の準備もあるので丁寧に断った。凄く微妙な気持ちになるが、農園を出る時には男爵だけでなく本日売った奴隷達も揃って見送ってくれた。俺と目が合って顔を伏せ、泣いていた少女も凄く穏やかそうな農園に安心したのか笑顔で見送ってくれた。

まあ、後ろ髪を引かれる思いで別れる事にならなくて、良かったたか。

俺達四人は王都へと向かって歩いている。帰りはメリーさん（ロバ）もいないし、荷馬車もない。

今回購入した動物の代金の一部として引き渡したのだ。その動物は行きの男奴隷と同じように、クルトの腰に結ばれたロープに繋がれて付いてきている。

「めぇ〜〜〜。めぇ〜〜〜」

そう、俺が買ったのは山羊だ。俺は日本にいる時テレビで、とても人が登れないような崖を山羊がヒョイヒョイ登っていくのを見た事がある。山羊はもともと山岳に棲《す》み、場所によっては荷運びにも使われるらしい。それを思い出した俺は、山羊ならダンジョンの傾斜でも通用するのではないかと考えたのだ。

今回俺が農園から買ったのは体高約一メートル、体重百キログラム超の山羊だ。馬よりは小さいが、日本で見た山羊よりも大きい気がする。まあ、アフリカとか南米ならこんな山羊もいるかもしれないが。こいつらならダンジョンでも一匹三十キログラムぐらい運べそうである。

俺はこの山羊達をメリーさんと荷馬車と引き換えに三匹、金貨一枚（十万円）であと二匹を購入した。積載量三十キログラム×五匹でアントナイト鉱石百五十キログラムなら金貨七枚半にはなるだろう。これでやっと採算に乗りそうである。

それにしてもコイツら怖いな。角は切り落としているようだが、なんだかそれなりにデカくて威圧感がある。日本の動物園で見た時も、もっと小さい山羊でも目は怖かったしな。

今、コイツらの背にはプラムのような果物を載せている。ちょっとまだ青いが、まあペルレまで持っていけば売れるだろう。銀貨五十枚で買い付けて、金貨一枚ぐらいで売れる事を期待している。

ペルレまで一時間といった所まで道を引き返した辺りで、探知スキルに反応があった。岩陰に人《ひと》が隠れている。実は行きにも感知していて恐らく盗賊の類だと思われたが、出てこないので放っておいたのだ。

コイツらも馬車を引くのが、商人風の俺とイーヴォさん、それと女護衛っぽいヴァル一人だけなら襲ってきたかもしれない。しかしこちらには、太い棍棒を持った身長二メートルを超えるオークのような大男、クルトがいる。威圧感満点である。盗賊なんて奴らは組みし易そうな相手には嵩《かさ》に懸かって襲い掛かってくるくせに、ちょっと手強《てごわ》そうな相手を見れば隠れて出てこないもんだ。きっとコイツらはクルトにビビって襲うのを諦めたのだろう。

俺にしても無駄な危険を負う気はないので、襲ってこないなら無視だ。放っておいたら他の商人が襲われるかもしれないが、それはまあ自分達で対処したらいいだろう。

この道はバックハウス農園に続いているので、世話になった男爵が困るかもしれないと思うと少し心が痛むが、今は余裕がない。機会があれば次回対処するかと思いながら、俺はそっとその場を離れた。

□

ペルレに着いた俺達はイーヴォさんと別れた。ちなみに奴隷運搬の報酬は銀貨五十枚だった。

その後、俺達は『幸運のブーツ亭』に戻ると山羊達と一緒にクルトには馬屋に戻ってもらい、山羊達の馬屋使用料について宿の主人のアーブラハムさんと話した。メリーさんと荷馬車はなくなったが、山羊が五頭増えたので馬屋や納屋の使用料はほとんど変わらなかった。

それから俺とヴァルは、宿の食堂でニコルちゃんの出してくれた塩スープと一緒にパンを頬張《ほおば》り、エールで喉を潤す。塩スープはニジマスか何か魚の干物の欠片《かけら》が入っていて、いい出汁《だし》が出ていたのか旨かった。

ふう。明日も頑張ろう。

□

バックハウス男爵の農園から戻ってきた翌日、俺は『幸運のブーツ亭』の部屋で珍しく朝早く目を覚ました。そこでいつもよりも早い時間に井戸まで行って顔を洗おうとしたところ、事件が起きた。

『幸運のブーツ亭』の井戸は宿の裏庭にあって、宿泊客なら自由に使えるようになっている。宿には風呂などないので体を洗いたい場合もここで洗う事になり、俺もいつもちょっと遅い時間に使っている。まあ、人目もあるのでヴァルブルガなどは部屋の中で濡《ぬ》れ布で拭くだけにしているが。

だが俺はこの日、女神を見た。

裏庭に出る前、俺は探知スキルで井戸の所に誰かいるのは気づいていたが、別段敵意もなかったので気にせず近づいていった。だが裏庭に出てその人物を見た時、俺は固まってしまった。

そこには水浴びをする女神がいた。腰まで伸ばした長い金髪。身長は男くらいあるが、体はしっかり大人の女だ。顔はやや厳《いか》めしいが美人なのは間違いない。

数分だったか、それとも数十秒だったか、とにかく俺は呆然と突っ立ったまま女神を見続けてしまった。

「女の裸を見た事くらいあるじゃろう」

女神は体を洗う手を止めず、体を隠す事もなく堂々と、俺を睨みつけながらそんな言葉を叩きつける。

のじゃロリだと？　いや、大人の女だから、のじゃ巨乳。いや、漫画やラノベなら巨乳ロリもいるから、巨乳＝大人とはならないか。のじゃ姉さん？

俺は金縛りが解けたように体の硬直が解けるが、頭が変な方向に回ってあたふたしてしまう。おかしい、俺はそんなキャラじゃないハズだ。

「ジロジロ見おって、このすけべえめ。覗くにしても、そこの男のように物陰からならまだ可愛げもあるじゃろうに」

むう、そういえばそこの生垣の裏に人がいるようだが、覗きだったか。下衆《げす》め。いや今、俺も覗

うか。いや、物陰からならＯＫなのか。などと考えているうちに時間切れとなった。お巡《まわ》りさん、コイツです、になってしまう。いや、物陰からならＯＫなのか。

※

きを疑われてるのか。マズイぞ、ここは誤解を解かねば。お巡《まわ》りさん、コイツです、になってしまう。いや、物陰からならＯＫなのか。などと考えているうちに時間切れとなった。

「ふん」

女神は井戸に立て掛けてあった杖《つえ》を手に取ると、横に振って俺の膝の下辺りを打った。

「うぐっ」

俺は膝を崩して倒れてしまう。なんで探知スキルが働かないのだ。いや、スキルは働いたのに髪の毛以外も金髪な事に気を取られて、喰らってしまった。そのまま何度も棒で打たれる俺は、少しでもダメージを減らそうと体を丸めて蹲る。俺、カッコ悪《わ》りぃ〜〜〜ッ。

「懺悔《ざんげ》は今」


しばらく経つと女神は気が済んだのか、井戸の脇に置いていた白い頭巾と白いローブを着て出ていった。

あれは僧服、いや神官服か？

俺を叩いた棒も一五〇センチメートル程度の錫杖《しゃくじょう》のような物だった気がする。

俺は頭を振って気を取り直すと、最初の目的通り体を洗う。服を脱ぐと体に幾つも青痣ができていた。すると俺の後ろに誰かが立っているのに気づいた。まさか女神が叩き足りないと戻ってきたのか。俺が振り返ると、そこには俺の知らないトドのような男が立っていた。彼は細目に目一杯力を込めてこう言った。

「同志よ、あの辺りの生垣がお勧めでござるよ」

俺はお前の同志じゃねぇ～～～ッ。

□

「え～～～っ、レンさん、神官さんの水浴びを覗いたんですかぁ～～～っ。さぁ～～～いてぇ～～～っ」

「馬鹿、大きな声出すなよ。だから違うって。俺も水浴びに行ったら、鉢合わせになっただけだって」

俺はその後、ヴァルを起こしてから朝食に向かうと給仕の少女ニコルに罵《ののし》られた。なんで知ってんだ。

「それであの人、いつもあの時間に水浴びしてるのか」

「あっ～～～っ、また覗こうとしてるんですかぁ～～～っ」

「そういえば、ご主人様はいつもはこんなに早く起きない、痛《いて》っ」

しまった、変な事を聞いてしまった。ニコルがまた興奮し、ヴァルも余計な誤解を生みそうな事を言いそうだったので、叩いた。

「それで、初めて見たが、前からここに泊まっているのか」

「あの人は星の神の神官さんでフリーダさんというらしいですよ。この宿には昨日から泊まっているんです。でも、星の神なんてあまり聞いた事ないですね。海のある南のマニンガー公国から来て、聖地巡礼に北のカウマンス王国に行くらしいです」

ニコルちゃん。個人情報駄々《だだ》洩《も》れか。

ちなみにこのカウマンス王国は農業国だけあって大地の女神ドロテーアを信仰する者が多い。王都で色々この国の常識を調べた時に知ったが、星の神は海の向こうの国で信仰されている神らしく、近年王都に小さな神殿ができたらしい。

星の神はこの国ではマイナーなので、それ以上の情報は調べなかったので分からない。でもきっと、神官というくらいだから回復魔法とか使えるのだろう。味方に一人は欲しいが、あの初対面ではもう無理だろうなぁ～。

それにしても、この国ですら王都にやっと神殿ができたくらいなのに、さらに北にその宗教絡みの聖地なんてあるのか。まあ、俺が考えても仕方ないか。

朝から酷い目に遭ったが、俺は人手集めの為に冒険者ギルドに行く事にした。道案内にディルクを雇い、護衛にはヴァルとクルト、荷物運びには山羊達がいる。基本、俺の探知スキル頼りに魔物を避けて進むので、随行者は少数がいいが、採掘時にもう少し人手が欲しいからだ。

□

明日からの探索の為、人手探しに冒険者ギルドに来た俺とヴァルブルガだが、実は俺には当てがあった。っていうか俺には今のところ当てなんて一組しかなかった。魔物からは逃げる方針の俺には戦闘力のある同行者よりも、俺の指示によく従ってくれる相手の方がいい。もちろん、アリスのような戦闘力のある同行者がいれば安心だが、そんな相手を雇えるような金は出せない。

という事で、当てとはインゴ達冒険者パーティー『大農場主』だ。インゴ達もペルレ大迷宮の『亜人の顎』に行くまでは結構反抗的で手を焼いたが、帰りには割と大人しく指示に従うようになっていた。また、新しい人間を雇ってそれを繰り返したくはないので、彼らを雇えればそれが一番楽だろう。若くて経験も少ないので報酬が抑えられそうなのも魅力だ。

気になるのはエラがスライムに負わされた脚の火傷だが、ギルド職員のベティーナさんによると午前中は三人揃ってよくギルドに来ているらしいので、大丈夫なのだろう。もっとも依頼を受けている様子はないらしいが。

冒険者ギルドに行ってみると、予想通りインゴ達がいた。だが、もう一人知った人間がいた。今日はもう会いたくなかったんだが、星の神官フリーダさんだ。彼女はこちらに背を向け、カウンター越しにギルド職員の神経質男フロレンツ君と話しているようだ。よし、彼女に気づかれないようにインゴ達に声を掛け、飯を奢ると言って連れ出そう。それがいい。

インゴ達は依頼の掲示板の前ではなく、ギルドの隅のテーブルを囲んで座っている。近づくと不景気そうな顔をしているのが分かった。ひょっとするとエラの脚のせいで、依頼が受けられないのだろうか。まあ縁もあるし、たとえ迷宮に連れていけなくても昼飯を奢るくらいいいだろう。とにかくフリーダさんに見つからないうちに冒険者ギルドを出たい。

「あっ、レンさん。こんにちは」

「どうも」

こちらに気づくとエラが表情を笑顔に変えて挨拶し、ヨーナスも小さく声を出し、インゴは目礼だけをする。

「数日ぶりだな。エラの脚は大丈夫なのか」

「はい。もう全然大丈夫ですよぉ」

声を掛けると同時に気になっていた事を聞くと、エラは元気よく答えてスカートを上までたくし上げ、脚を上から下まで見せてきた。太腿が眩《まぶ》しい。じゃない、脚の火傷が綺麗さっぱり治っている。おかしい。結構大きな火傷だったのに、二～三日で治るはずはないんだが。

「私、昔から傷の治りとか早いんですよ」

俺が訝しんでいるのに気づいたのか、そう補足する。いや、そんなレベルではないと思うんだが。

俺がエラの脚を見ながら不思議に思っていると、カウンターから声が聞こえてくる。

「なぜじゃ。ダンジョンに一緒に行くパーティーを探したいというだけじゃろ。冒険者ギルドでそれがなぜできぬ」

「だから、今は募集しているパーティーはないし、新人でしかも女を仲間に加えたいなんてパーティーがある訳ないだろ。女じゃ荷物運びにも役に立たないから、無理に決まってるんだ。これだから冒険者は考えが甘いんだよ」

うぉ、フリーダさんとフロレンツ君の声だ。嫌な流れだな。そっと冒険者ギルドを出よう。

「そうか、あまり大きな声じゃ言えないが、仕事があるんだ。ちょっとそこで昼飯を奢るから、話だけでも聞いてみないか」

「マジっすか、レンさん」

「やった。お昼が浮くよ」

俺は声を落としてそっと三人に言うと、ヨーナスとエラがいい反応を示す。インゴも満更でもない顔だ。だが、ここで不穏な事をフロレンツ君がやや甲高い声で言い出した。

「そんなに言うなら、あそこの隅にいる新人にでも入れてくれって聞いてみろよ。田舎者と女ならお似合いだろう」

ギギギと後ろを向くとフリーダさんと目が合う。フロレンツ君が指さしているのもこっちだ。

「ほう」

それは小さな呟きだったが、なぜかよく聞こえた。フリーダさんがこちらへと近づいてくる。あれ、おかしいな。俺、結構日頃の行いはいいはずなんだがなぁ～。

女神は俺の傍らまで来ると、腕を組んで見下ろしている。

「お主《ぬし》、冒険者だったのかのう」

「いえ、しがない商人です。昨日も近くの農園にプラムの買い付けに行ってました」

「なるほど。ならばなぜ冒険者ギルドなんぞにいるのじゃ」

インゴ達は空気を読んで黙っている。今のうちになんとかそれらしい言い訳をして躱さなければ。

一瞬黙る俺だったが、俺の隣にはいつも空気を読まない奴がいるのだった。

「ダンジョン探索の護衛として彼らを雇おうと、痛ぇ。ご主人様、いつもよりも痛いぞ」

なんでもない事のように、俺やインゴ達が隠そうとしていた事をぶちまけたヴァルを、俺は思いっきり叩いた。

「なるほど。詳しく聞こうじゃないか。お主には、今朝ほど貸しがあったハズだが」

俺は借りがあったのか？

今朝、あれだけ殴っておいて？

それにしても、やっぱりこうなったか。これは黙って出ていく訳にはいかなくなったな。俺は降参だとばかりに両手を上げる。

「分かった、分かった。まずは自己紹介でもしようじゃないか。俺はレン、商人だ。俺達は三日の探索で二層まで挑《いど》もうと思っている」

そう言うと、咎《とが》めるような眼差《まなざ》しを向けていたフリーダさんが、初めて目許《めもと》を緩ませた。

「なるほど。私はフリーダ。唯一の神の神官じゃ」

□

星の神の神官フリーダさんに捕まった俺は、仕方がないので彼女とインゴ達『大農場主』のテーブルに着いた。ちなみに本人達は唯一神と言っているが、信者以外からは星の神と言われている。詳しくは知らないが。

そういえば冒険者ギルドで昼食を取るのは初めてだったか。俺はヴァルに指示して、パンと豆スープを注文させた。少し食事を始めたところで、続きを話す。大事な所はフリーダさんやインゴ達に顔を寄せるように言って、周りの人間に聞かれないように気を付けた。

「案内人を雇っているが、ある場所で鉱石を採掘する。場所については言うつもりはない。鉱床まで移動に一日、採掘に一日、帰還に一日使う予定だ。仕事は移動中の護衛。

まあ、魔物との戦闘はなるべく避けるつもりなので、その分移動は迅速に行いたい。

それから採掘の手伝い。

具体的には鉱床から石を掘り出す。石を砕いて細かくする。その中から指示した鉱石を選別する。

帰還時には一人十キログラム程度の鉱石を運んでもらう。

もし魔物から追われた時は捨てていっていい。命あっての物種だからな。

最後に報酬だが一人三日で銀貨五十枚（約五万円）で、鉱石を持ち帰った場合には十キログラムにつき銀貨十枚を追加で支払う」


命懸けの上に重労働で六万円じゃあ、日本では絶対にやらない仕事だし、こちらでも相場の半分程度だ。まあ、断られても仕方ない。フロレンツ君ではないが、俺も経験や実績の少ない新人とパーティーを組み辛い女性だと思って足元を見ている、というのもある。

さて、どうだろう。

まずはインゴ達の方を向く。

インゴ達は少し話し合ったが、答えを出したようだ。まあ、その前に「金がない」というようなワードが聞こえてきたが。

「あぁ、俺達はそれでいい。正直俺達だけで大迷宮に入るのは不安だし、金欠なんだ」

インゴが代表して返事をする。それにしても信用されたものだ。続いてフリーダさんに顔を向けた。彼女は腕を組んで難しい顔をしていたが、やがてこちらを向いて頷《うなず》いた。

「私もそれでいいのじゃ」

「そうか。それでアンタの事はよく知らないんだが、戦えるのか」

報酬について揉めなかったのはいいが、俺はコイツについて何も知らないんだよな。神官っていうくらいだから回復魔法とか使えたら嬉しいんだが。

「なるほど。私は巡礼前に旅で身を守れるよう、神殿で訓練をしていたから男とも対等に戦えるし、体力もあるから荷物運びもできるぞ」

そう言って錫杖を突き出して見せる。

う〜ん、一番気になるのは魔法についてなんだよな。いや、そもそも巡礼の途中ならなんでコイツ、ダンジョンに潜りたいんだ。

「後でこのヴァルブルガと手合わせして実力を確認させて欲しいが、そもそも巡礼中になんでダンジョンに潜ろうとしてるんだ」

「マニンガー公国内では神殿に泊まりながら旅をしていたが、このカウマンス王国や北のラウエンシュタイン王国にはほとんど神殿がないようでな。旅費に不安があるのでここで稼ごうと思ったのじゃ。この街は景気が良さそうだしの」

目的は金か。分かり易くていいな。巡礼や他国の話は後で聞いてみたいが、まずは実力を見させてもらおうか。

□

俺達は人通りの少ない冒険者ギルドの裏に回った。ギルドに訓練場でもあればいいが、生憎《あいにく》そんなものなんかなかった。街の壁の内部はスペースが限られているから、造る余裕がなかったのかもしれない。

なお別に呼んではいないが、インゴ達も付いてきた。

そこでフリーダさんは錫杖を、ヴァルは剣を構えて五歩の距離を取って睨み合う。俺は立ち合いの注意をして開始の合図を出す事にした。

「実力が分かればいいから、互いに怪我までさせないように」

「承知した、ご主人様」

「なるほど。分かったのじゃ」

「それでは始め」

結果から言うと、フリーダさんは子供の頃から剣の修行をしているヴァルと同じくらい強かった。神殿の訓練が田舎の男爵家よりも効率や厳しさが上なのかもしれないが、ヴァルの背が男より低めなのに対してフリーダさんは男並みの身長があるので体格差もあるかもしれない。年齢もフリーダさんは二十代中盤っぽいので、十代後半っぽいヴァルよりも経験も多そうだし。

タイプで言えばフリーダさんがやや攻撃寄り、ヴァルがやや防御寄りだが、まあ二人共どちらも熟せる。正直インゴ達よりも頼りになるので来てくれるなら心強いが、問題は俺の指示にどれくらい従ってくれるかだ。

俺の探知スキルを教える気はないので、理由を言わずにあっちを通れとか、魔物が近づいてるから逃げろ、とか言うのを文句も言わずに聞いてくれるか。こればかりは、行ってみないと分からないか。

そうだ、魔法が使えるかが重要だった。さっきも聞こうと思ったのに、別の事に気を取られて忘れてた。

「そういえば、フリーダさんは神官だろ。回復魔法とか使えるのか」

「うん？　魔法なんぞ使えないぞ。神官だって魔法の適性持ちは少ないから、ほとんどは使えないのじゃ」

え？　神官って回復職じゃないの？

「ご主人様は魔法使いと縁が多いようだが、普通魔法使いはなかなかいないモノだぞ」

なんだとぉ、ただの棒術士じゃねぇか。

大迷宮二度目の探索

「本当に川が流れてやがる」

インゴが洞窟の岩から身を乗り出し、松明の明かりに照らされた地下河川を覗き込む。落ちるなよ。

地図に描かれてはいたが、いざ実物を見るとなんとも迫力が違う。

地球なら世界遺産には、ならないだろうが洞窟の中の大きな川として観光名所にはなるのではないだろうか。

「凄いものじゃな。こんなものがあちこちにあるのかえ」

「へへっ、俺ぁ二十年以上迷宮に潜っているがね。ここほど大きい川は見た事がねぇよ。もっとも他にないって訳じゃないんですがね。大体迷宮なんていう所は、どこか馴染《なじ》みの稼ぎ先を見つけちまうと他には行かなくなるもんで。もちろんダメって訳じゃないんですよ。ただよく知りもしない所をアチコチ行く奴は帰ってこない事が多いってだけで」

大迷宮に入るのが初めてなフリーダも感心しているようだが、ディルクは何度も通ったのだろう。訳知り顔でベテランっぽい事を言っている。フリーダが美人だからだろう、ニヤニヤとしながら近づいてそっと触ろうとしているがその都度、棒で手を打たれて痛がっている。ザマあみろ。俺なんかたまたま水浴びしている所に居合わせただけで叩かれたんだぞ。

「ご主人様、凄い。それに大きい」

「ああ、そうだな」

一応頷いてやるが、ヴァル。変な言葉の切り方をしないでくれ。川が大きいと言いたいのだろう。俺の横でヴァルブルガがそんな事を言っているが、俺だってこの光景には驚いているのだ。この感動に変な水を差す言い方は止めてくれ。

「ご主人様。そこまで狭い訳ではないが、落ちたりしないよう気を付けてくれ」

「ああ、特にクルトはデカいから真ん中を歩かせるようにしよう」

他の者が感心する中、地下河川に全然興味を持たずにぬぼぅと立っているクルトにも注意を向ける。


今、俺達はペルレ大迷宮の二区に入り、地下河川の上を通ろうとしている。二区は『迷宮門』から入って東側。コボルトと『赤い守護熊』が戦った『亜人の顎』の反対側になる。東京23区に当てはめれば、『亜人の顎』が千代田区と新宿区の境、四谷《よつや》の辺り、ここは中央区《ちゅうおう》、東京駅から東に進んで茅場町《かやばちょう》の辺りだろうか。

俺達の先頭は細身に草臥れた革鎧を纏った四十男ディルクと、長身の金髪美人お姉さんの神官フリーダさん。ディルクは道案内でフリーダさんはそこそこ戦えそうなので先頭に立ってもらった。この二人は今回の探索で初めて一緒に仕事をするから、ぶっちゃけ信用できないので俺の前を進んでもらっている。

続いて俺と革鎧に剣を腰に佩《は》いたヴァルブルガ。その後ろを山羊五頭を引いた大男のクルト。山羊には山羊達の餌《えさ》の干し草、水と食料、松明やランタンの油瓶《あぶらびん》、毛布など積んでいる。最後に『大農場主』の三人、インゴ、エラ、ヨーナスが続く。この三人は戦力としては微妙だが、まあ採掘の人手だ。

ここまで『迷宮門』から歩いて約二時間、迷宮の中は平面ではなくアップダウンの大きい岩洞窟なので距離としては二キロメートルくらいだろうか。それでも直径十メートルくらいの冒険者ギルドの地図にも載っている大横穴なので、暗闇《くらやみ》の中とはいえ迷わず来れている。

今のところ遭遇したのは、小さな虫とか岩の隙間の蛇とか鼠のような小動物くらい。実際のところ大横穴から外れた横道に入れば、もっと大きな生き物や多数の小動物の群れがいるのが俺の探知スキルで分かるのだが、そういった所はやや大回りに避けるようにしている。

一回、蛍のように発光する家猫サイズの大きな虫が三匹の群れで飛んできた時は驚いたが、これは二匹をフリーダさんが一匹は俺の近くまで飛んできたところをヴァルが叩き落として殺した。

避けようとも思ったが、だいぶ遠くからこちらの明かりを目指して飛んできたようで避ける事はできなかった。もっとも俺のスキルでもっと脅威度の高い相手と分かれば、明かりを捨てて逃げただろうが。

そうして俺は今、地下河川の岸で下を覗いていた。ディルクを除いた他の者達も、ある者は恐る恐る、ある者は興味津々で覗き込んでいる。ランタンの明かりで照らすと、地下河川の水面は足元から五〜六メートル下に見えた。水は真っ黒で中は全く見えないが、どうやら流れは速くないっぽい。川幅は二百メートルくらいだろうか。川の両端は同じ幅の崖となっており、天井はランタンの明かりでは見る事ができないが、極々細い光線が幾つか上から降り注いでいるところを見ると、ひょっとして地上との隙間が空いているのかもしれない。そこに今来た横穴が交差した形だ。

そこに丁度対岸まで岩の橋が架かっている。橋はここまでの横穴と同じようなゴツゴツした自然の物に見え、岸近くは幅二十メートルくらい、中央の一番細い所で六メートルくらいだろうか。それにしても、川は地割れか何かの跡に水が流れ込んだように見えるのに、なぜ対岸までの橋だけ残ったのか謎だ。後から誰かが魔法で作ったと言われた方が納得がいく。

ポチャンという微《かす》かな音がして、遠くの水面が揺れたような気がする。定番なら半魚人とかが襲ってくるところだろうか。足場も悪いし、落ちたら大変な目に遭いそうなので、俺達はそこをそそくさと渡る。水の中から殺人ピラニアが飛び出してくるような事もなく、無事俺達は川を渡る事ができた。

第二区は先ほどの家猫サイズの蛍に見るように、虫としては巨大ながら人より小さいサイズ、もしくは通常サイズの虫が生息するエリアである。ここは初心者には割と人気のエリアで、俺達が通ってきた大横穴から地図にないような支道に入ればそれらの虫の生息域となり、単価は安いながらも換金できる虫の羽や甲殻、体液、あるいは丸々食用の虫等を採取できる。もっともあまり奥に入り込んでしまえば、虫に群がられて餌になってしまうらしいが。

第二区は南北に広いが、東西に狭い為、地下河川を越えて一時間ほどで通り抜け、第八区へと侵入した。第八区に入った後も目的地へ向けて幅十～二十メートルほどの大横穴を進むが、そこでは二区よりも大型の虫の魔物を見るようになった。ここでも俺の探知スキルが活躍して、虫の潜む支道を逸れ、大横穴を塞ぐ虫を支道を通って迂回したりした。

「なあ、旦那。なんだって右に寄ったり、左に寄ったり、また右に戻ったり、突然、狭い穴に潜り込んだりするんですかい」

「ああ、それは私も思っていたのじゃ。他の者達もよく文句を言わんのう」

ディルクが両手を等間隔に広げて右に左に右へ振りながら疑問を呈すると、フリーダさんが同調した。

「虫がいる気配がしたんだ。ああ、なんというかな。音、匂い、それとも空気の流れかな」

なんだそれ。説明下手かよ。

視線が痛い……気がする。

「なるほど」

なるほどには、〝のじゃ〟は付けないんだね。ちょっと頭のオカシイ奴だと思われたかもしれないが、二人共この件にはそれ以上突っ込むのを止めてくれた。

とにかくだ。順調なのもそれに遭遇するまでだった。それは十メートル近い天井を這って俺達に近づいてきた。天井も床同様岩の凹凸が大きいのだが、それはそんな天井を人が平地をジョギングするくらいの速さで近づいてきたのだ。それは俺達の真上までやってくると、体の半分を天井から離してぶら下がるような姿勢を取り、長い触手を近づけてきた。

□

洞窟の天井を這って近づいてきた芋虫。ただし、四～五センチメートルの揚羽蝶《あげはちょう》の幼虫のような小さな奴ではない。そもそもそんな大きさの虫が天井に張り付いていても気づかないだろう。

そいつの太さは一メートル以上、全長は十メートルはありそうで、表皮は黒っぽい岩のようにゴツゴツしていて硬そうに見えるが、全体を見るとブヨブヨと蠢いている。頭部というか、進行方向の先頭はバカリと開かれた八目鰻《やつめうなぎ》のような無数の牙を持つ口が体の幅一杯に開き、しかも口の周囲からはニョロニョロと二本の触手が伸びている。目はない。

それが俺達の上まで来て、ダラリと体半分を天井から離して俺達へと口を向け、触手を伸ばしている。

俺はソイツがランタンの明かりの中に入る前からその存在に気づいていて、仲間達には俺の周りに集まってもらっている。また、俺自身はヴァルブルガと一緒にクルトの腰に結ばれたロープを手近の岩に縛り付け、ロープの先の山羊が戦闘の邪魔にならないよう準備した。

なぜ、俺がこんな厄介そうな奴と戦う事を選んだのか、逃げなかったのかというと、コイツを避ける為に道を変えようとすると何か嫌な気がしたからだ。コイツ自身は近づいてくる事、そして厄介な相手である事は俺の探知スキルによって気づいていた。

だがもう一方の道、というかそっちも大きな横穴だが、そっちは探知スキルで何がいるかが分からなかった。何もいないように思えるが、何か嫌な気がするというのが正確だろうか。

俺としても判断に自信があった訳ではない。寧ろ何もいない方に行くのが正解ではないかとも思えたが、俺は嫌な感じを気にして厄介と分かっている奴を迎え撃つと決めた。

その姿を見た時、俺は冒険者ギルドで調べた情報からソイツを洞窟芋虫《ケーブ・クローラー》と判断した。好戦的で触手の毒で人を麻痺《まひ》させると、丸呑みにするのだ。俺は仲間達の注意を天井に向けると、フリーダさんとインゴ達に触手を杖や槍で振り払うよう指示し、クルトとディルクにはしゃがむように命じた。

俺は振り払われる触手に業を煮やして、芋虫がもっと頭を下げてくるタイミングを待つ。

「きゃっ」

「エラ！」

エラが倒れた。触手の先の針で刺されたようだ。叫んだのはインゴか。くそっ。嫌な予感が大きくなってきてやがる。

「ヨーナス！　エラを連れて離れて伏せろ。傷口から毒を吸い出して捨てろ。他はとにかく離れて触手を払え」

「わ、分かった」

毒の対処としてそれでいいのか分からなかったが、他に思いつかなかったのでそう指示した。エラとヨーナスを下がらせると、触手を払う役はフリーダさんとインゴしかいない。

探索の直前でフリーダさんが入ってくれて助かった。明らかにインゴ達よりもフリーダさんの方が上手く触手を払えている。これが技量の差か。だが、フリーダさんの杖でも芋虫本体には通用しそうもない。通用しそうなのは。

そう思っているうちに俺の待っていたタイミングが来た。芋虫がさらに足の多くを天井から離し、その頭を地上まで凡そ二メートルまで下げる。

「クルトォ！　立ち上がってソイツを思いっきりぶっ叩け。叩いたら林檎をやるぞ」

最後の林檎というキーワードにクルトは弾かれたように立ち上がり、その太い棍棒で芋虫の頭をぶっ叩いた。

「ブモッ！」

「〇！※□◇＃△！」

クルトの一撃。芋虫は声は出ていないが、悶《もだ》えるようにして地上へと落下して転がる。

やったか、とは言わない。明らかにまだやっていないからだ。

ああ、嫌な予感がする。俺は山羊の背負った荷物から林檎をクルトに放ると、クルトは器用に口でキャッチしてそのままゴリゴリと食った。

「クルト、ソイツをぶっ叩け。次は蕪だ。フリーダさんとインゴは、触手からクルトを守れ。クルトが落ちると、後がないぞ」

芋虫は体を反転して地面に足を突くと、まるで暴走列車のようにこちらに突っ込んでくる。クルトでも受け止められるか分からない。

ヤバイな。ヤな予感が。


ザシュ！


突然暗闇から振るわれた巨大な槍が芋虫を突き刺した。槍の先を目で辿ると、それは俺達の背後から伸びていた。全然気づかなかった。俺の探知スキルにも反応はなかった。ただ嫌な予感がしただけで。

それは巨大なカマキリだった。ランタンの明かりの範囲を遥かに超えているのでその全身を見る事はできないが、芋虫を遥かに超える大きさから推測するに体長は二十メートルを超えるだろうか。

カマキリの腹は俺達の頭の上、床から五メートルくらいの所にある。その体は直径十メートル程度の横穴の天井ギリギリにあって、その長い足で俺達を四本の足で跨いでいる。その体表は茶色と黒の枯れ木のようで、先ほどの槍はカマキリの鎌《かま》だった。

こんなにデカいのに誰も気づかなかったのは、暗闇のせいばかりではないだろう。その巨大さにも拘らずほとんど音を立てず、空気も震わせず、熱も発さず、しかも保護色の影響か見辛い。俺の探知スキルにも反応しなかったという事は、コイツのスキルかは分からないが隠蔽《いんぺい》能力が非常に高いのだろう。嫌な感じはコイツだったのか。

カマキリは俺達を完全に無視して、芋虫を切り裂き食べ始めた。コイツにとって俺達は腹の足しにもならないのかもしれない。俺はみんなに静かにここを離れるように指示した。

□

現実はこれだからな。

俺達は巨大なカマキリからそっと逃げ出し、アントナイトの採掘場所へとペルレ大迷宮の八区を進んでいっている。洞窟芋虫に太腿を刺されたエラは、その毒に熱が出ているのか顔は紅潮し、玉のような汗を掻き、体は引き攣《つ》り、力が入らないようだった。

ゲームだったら、体の色が変わってちょっとずつヒットポイントが減りながらも、普通に動けたりする。しかし現実に毒を喰らえば、本人が真面《まとも》に動けなくなるだけでなく、その介助に人手が掛かり、全体の進行速度も遅くなる。

俺はインゴとヨーナスに交代でエラに肩を貸して連れていくように指示し、エラと肩を貸してる方の荷物を山羊に積ませた。俺はエラ一人の為に戻るという選択はしなかった。インゴとヨーナスは不満を口にしたが、ここで帰れば報酬を出せないと言うと黙った。

「私は　大丈夫　だから」

と全然大丈夫そうじゃないエラが言ったから、というのもあるだろう。

神官のフリーダさんが何か言うかとも思ったが、「これは神の試練じゃ。頑張るのじゃぞ」とエラに言って、傷口を洗ったり縛ったりしていた。こんな試練を与えるなんて、俺はその神を信じられそうにないな。

星の神と言っていたので、あの夜空の星かと聞いたら、天空の星々の全てとこの大地の全て、つまり世界を創造した唯一無二の神じゃ、と言っていた。随分、大きく出たなと思った。

とにかくエラの為に進行速度は遅くなり、敵を見つけるとその前よりも早くから大きく迂回する必要が出た為、より遅くなった。

それでも俺達は大迷宮の奥へと進んでいく。

俺は採掘専門のパーティー『宝石土竜』の元メンバー、トビアスさんからアントナイトの採掘場所を聞いた訳だが、それは当然冒険者ギルドの地図に載っているような十メートル以上の幅を持つ大横穴にある訳ではない。そこは大横穴より小さい支道のような穴の奥にあり、暗闇の中で無数にある支道からその穴を区別する為には目印が必要になる。

こういった場合、天然の目印に頼るよりもそれぞれの集団《パーティー》や団体《クラン》によってメンバー内だけに通じる独特の目印を付ける。そして『宝石土竜』に独自の目印があった。

ペルレ大迷宮の二区と八区の間にあった地下河川、東京23区にあえて当てはめれば、中央区と江東区《こうとう》を分ける隅田川《すみだ》だろうか。その崖のような割れ目の上から微かに地上の光が漏れたように、地下にも時々僅かな光が届く場所がある。それとは別に洞窟内の岩肌に露出した金属やガラス質の鉱物が、探索者の明かりを反射して光る事がある。それらのほとんどは極小さな光の点にしか見えないが、それでもそれほど珍しい物ではない。


八区に入って六時間、『迷宮門』を潜ってから八時間は経っているだろうか。凡そ朝八時頃に入ったから、今は午後四〜五時ぐらいだろうか。予定では目的地に着いて野営の準備を始めている頃だろう。だがやっと大横穴で鉱床近くまで行ける所までは行って、ここからは鉱床へのより小さい横穴を見つけて入っていかなければならない。

この近くまで来ると、時々巨大蟻《ジャイアント・アント》を見掛けるようになった。元々アントナイトのアントは巨大蟻の巣近くに見つかる事が多い事に由来する。トビアスさんからは巨大蟻が一匹でいる時は、たまま通り掛かっただけだから静かにして動かなければ近寄ってこないと言っていた。三匹の時は、こちらに警戒して意図を持って近づいてきているから、ゆっくりと退くようにと言っていた。トビアスさんの勧めに従って、俺達はやり過ごし、あるいは迂回した。

巨大蟻がいるせいか、巨大蟻地獄も見つけた。こんな岩場の洞窟でどうやってと思うかもしれないが、この蟻地獄は砂と言うには大きいグズグズに砕かれた小石でできた窪《くぼ》みになっている。ちょっと蟻が嵌った所を見てみたいとも思ったが、自分が落ちないように気を付けて進む事にした。

さらにたまには巨大な羽の生えた虫が、巨大蟻を引っ掴んで飛んでいくのも見た。きっと巨大蟻があの虫の餌なのだろう。ひょっとして卵でも産みつけられるのかもしれない。弱肉強食だ。

話が逸れたが、ここまで来た俺はディルクと共に支道をランタンで照らして覗いては、印を探した。俺達が探していたのは、十字に光る四点の反射光だった。『宝石土竜』が付けた印はこの南十字星のような洞窟の中の星、これは岩に小さな鏡のような物を埋め込んで作ってある。

アントナイトの鉱床までは曲がり角ごとに設置された、この南十字星を追っていく事になる。

「へへっ、旦那。ここで間違いないですよ」

「やっと着いたか。みんな、ここが目的地らしい。軽く調べた後、野営をする」

ディルクが場所を確認して、俺に声を掛けた。そこには掘り返した跡もあり、捨てていったのであろう幾つかの道具や雑貨等も落ちている。あれから『宝石土竜』の印を探して進んだのだが、時々は道というか穴を間違えて戻る事もあり、目的地まで四時間は掛かった。

冒険者ギルドの地図に載っている大横穴からより狭い横穴に随分奥に入ったが、ここ自体はかなり大きい空洞となっている。天井は二～三メートル程度でそれほど高くはないが、まるで胃袋を横にした様な形になっていて広さは長径で二十メートルくらいある。

俺はヴァルと鉱床を見に行ったが、岩壁にはアントナイトらしい青い金属が所々に露出していて、ランタンの明かりに照らされ反射していた。

「ほう、なかなか綺麗な物じゃのう」

どうやらフリーダも見に来ていたようだ。

『大農場主』の面々も少し離れた場所で岩壁を眺めて何事か話している。俺達はここで野営の準備を始めるのだった。

□

野営と言ってもわざわざテントを張るような事はしない。洞窟の中なので雨や風の心配はないから、地面から体の熱を奪われないよう、厚手の毛布を敷くだけで十分なのだ。みんな思《おも》い思《おも》いの場所で荷物を下ろし、水でふやかしながらパンと干し肉を齧《かじ》る。

俺はヴァルブルガと広間の奥の岩に山羊達のロープを留め、そこから少し離れた所にクルトを座らせ、山羊の背から降ろした蕪と芋を食べるように指示した。

インゴたち冒険者パーティー『大農場主』には通路の一方に陣取らせ、そちらの横穴を交代で警戒するように言っておいた。ディルクは広間内の別の所に腰を落としたが、そこで眠り早朝にインゴ達と見張りを交代する事にした。エラを除く男三人で三交代で警戒してもらう。エラは怪我の件もあるから今日は夜警から外《はず》す。

俺とヴァルは『大農場主』と反対側の通路へと陣取り、そちら側を交代で見張る。フリーダさんはディルクやクルトとはまた別の広間の奥の窪みを見つけ、そこで寝る事にしたようだ。早朝には俺達と見張りを代わってもらう。こちら側の見張りの順はヴァル、俺、フリーダさんとなる。明日、起きたら全員で採掘を行う予定だ。

夜半、俺はヴァルから引き継ぎ警戒していた。俺はランタンの明かりを足元に置いていたが、反対側に灯《とも》っていた明かりは『大農場主』のものだろう。ランタンや松明の明かりが照らす範囲はそれほど広くないので、十五メートルも離れればもうこちらの明かりは届かない。そろそろ交代の時間だろうか。

実はこの見張りの間《あいだ》、俺は非常に落ち着かなかった。というのも、『大農場主』側から声が漏れてきていたからだ。洞窟の中は視界が遮られる反面、音は反響して遠くまで届いたりする。その声は押し殺していたものの、結構ハッキリと聞こえていたのだ。

エラは芋虫の毒を受けていたハズだが、ここに辿り着く頃にはだいぶ落ち着いていたようだった。だからってそんなに元気になっているのだろうか。俺の前に見張りをしていたヴァルは、心穏やかでいられただろうか。う～ん、俺ももう見張りを代わろう。そうでなくても真ん中の見張りは睡眠が二回に分けられキツイのだから。

俺はフリーダさんを探して、広間の中を見て回る。フリーダさんは広間の窪みの奥に身を隠したようで、ちょっと見つかり辛かった。俺が岩壁を回り込んでフリーダさんを見つけると、彼女は岩の中で丁度体を真っ直ぐ伸ばせる所を見つけ、毛布に包まって眠っていた。

なんというか、洞窟の中で眠るのにベッドで眠るように姿勢良く眠っている。長い金髪が頭の左右に流れ、引き締まった体ながら大きな胸が、体に掛けられた毛布を押し上げていた。まだ目を覚ましていないが、ちょっとくらい触っても大丈夫なんじゃなかろうか。いやいや、それは倫理的にダメだろう。

俺は煩悩を頭を振って追い払うと、両手を伸ばしてフリーダさんの肩を揺すろうとした。だが、その直前にフリーダさんの目がパチリと開く。あれ、これまるで俺がフリーダさんのおっぱいを揉もうとしているように勘違いされないだろうか。ああ、もちろんそれは勘違いなんだが。フリーダさんは俺と周囲を見回すと口を開いた。

「ふむ、なるほど。すけべえだとは思っていたが、やはり来たか。それとも宿の仕返しか」

フリーダさんが起き上がる。うお、これはまた宿の裏庭の再現じゃないか。

待て待て、またぶっ叩かれるなんて御免だぞ。そうじゃなくても、まだ体中に痣が残ってるんだから。俺は恐怖したが、探知スキルには危険反応が出ない。俺の予想は外れる事になる。

「仕方ない。ここでお主を叩きのめしても、こんな迷宮の奥でお主の手下に囲まれては、さすがに私も抵抗できないじゃろう」

そう言うと、フリーダさんは俺に背を向けて岩壁に手を突き、尻を突き出す。なんだ、このおかしな流れは。何をしようとしているのか、全然理解できないぞ。

「さっさと済ませるのじゃ。だが、あの大男と回すのだけは止めてくれ。あんなの……、死んでしまうのじゃ」

早くしろとばかりに軽く自分のお尻を叩くフリーダ。あれ、これってもしかして、人気のない所に連れ込まれて、大勢を従えたボスに体を要求されて、抵抗できないと諦めて、せめて傷を小さくしようと覚悟完了な感じか。前にもこんなシチュなかったか？

いやいやダメだろう。こんな流れに乗ってヤッちまおうなんていうのは、日本人的な倫理観を持っている俺的には完全にＯＵＴだ。

いくら金髪美人が立ちバック待ちだとしても、金髪美人が立ちバック待ち、金髪美人が立ちバック、……金髪美人が立ちバックだとぉ！

本人も早くしろって言ってるし。

待て待て俺。相手は勘違いしてるだけなんだ。ちゃんと話して、誤解しているだけなんだと安心させてやろう。いくらこの世界的にはこんな事、よくある話だとしても、俺はこの世界の常識に流されたりしないぞ。燃え上がれ俺の良心、天使の心よ、エッチな事をしてはいけません。でも金髪立ちバック。

みんな、すまん。
本能には勝てなかったよ。

□

翌朝、洞窟の中で時間は正確には分からないのでそう言っていいのか、全員が起きたところで採掘を始めた。フリーダの振舞いは昨日までと全く変わらず、ヴァルブルガは目を細めて疑わしそうにしているのだろうが、もともと目力が強いので睨んでいるようでより顔が怖くなり、エラはニコニコしていた。

昨日、芋虫に刺されたエラだが、今日は熱も震えもなく割と元気になっていた。昨晩、元気だったのは聞こえてきていたが、一応直《じか》に元気そうなのが見れて良かった。

朝飯は、相変わらず干し肉と堅パンを水でふやかして食べた。広い洞窟なのでちょっとくらい火を焚《た》いても大丈夫かもしれないが、ここら一帯が鉢の底のように沈んでいて二酸化炭素が溜《た》まって酸欠になったりしたら嫌なので、火は使わせていない。うん、当たり前だけど洞窟の中で、松明等で照らしてるだけなので暗いよね。

さて、いよいよこれから採掘する訳だが、まず買ってきたツルハシでクルトに岩を掘らせるというか、砕かせる。これで大体人の頭から胴体ほどの岩が採掘される。ちなみにツルハシは一本銀貨四十枚（四万円）で二本買ってきた。

続いて他の者が今度はハンマーでクルトの採掘した岩を割る。ハンマーは一本銀貨十枚で五本購入している。

大体拳大《こぶしだい》まで小さくして、アントナイトっぽい塊とただの岩っぽい塊を目視で分けて二つの小山を作る。ハンマー係は俺とヴァルを除いた『大農場主』の面々とディルク、フリーダで一度に三人、残りは通路の見張りを兼ねた休憩をしてもらっている。

えっ、俺？

俺はクルトの指示だしとか、溜まった小山を一ヶ所に纏める指示だしとか、選別後の鉱石の二重チェック（一部）とか色々忙しいのよ。サボりじゃないよ。そしてヴァルは俺の護衛に専念してもらわないといけないんだからしょうがない。こんな所まで来てるけど、俺多分インゴより弱いからね。エラとならどっこい？　フリーダには瞬殺される自信がある、というか宿で瞬殺された。


ガツン、バラ。ガツン、バラ。ガツン、バラ。


岩を砕く音が洞窟内に響く。

この採掘の広間に続く横穴ギリギリにいるが、それでも煩い。岩を割っている人達は大変なんだろうなぁ～。こんなに煩いと魔物を呼び寄せないかという問題もあるが、この辺は巨大蟻の領域《テリトリー》なので他の魔物はあまりいない。

巨大蟻を捕食する魔物はいるが、蟻地獄は疑似巣から動かないし、巨大羽虫《ジャイアント・フライ》は天井が低いのでこの辺には来ない。唯一やってくるのが巨大蟻だが……。そう思っているうちにやってきた。

「アリが来たぞぉーーーッ。全員手を止めて、その場で待機ィーーーッ。待機ィーーーッ。待機ィーーーッ」

そう叫びながら、ハンマー係に寄っていく。岩を割る音が酷いので、声を掛けても聞こえない事が多いが、近づけば大体気づいてくれる。クルトだけは結構強めに後ろから叩かないと気づかないが。

しーーーん、という音が聞こえるような気がする。さっきまでの採掘音が消えたので、驚くほど静かだ。そんな中、一匹の巨大蟻が広間に入ってきた。全長は二メートル近いが、這って進んでくるのでこの横穴でも不自由ないようだ。気配がない訳ではないが、ほとんど音はしない。あえて音を付けるとするとカサカサだろうか。

火を消したりはしないので、こちらに気づかない事はないだろう。こちらを警戒しながら入ってきて、時々止まって触覚をしきりに動かしながら、ハサミのような顎をモグモグと動かしている。こちらのメンバーも動きはしないが、きっと蟻をメチャメチャ注視しているのだろう。

蟻は広間をウロウロしたが、あまりこちらに近づく事はなくそのうち反対の通路から出ていった。俺は探知スキルで蟻が十分離れるのを待って、作業の再開を指示する。

「よし、もう十分離れた。作業を再開してくれ」

そんな事を三回繰り返す頃には、選別した鉱石が三百～四百キログラムは溜まった。暗闇では時間の感覚も怪しいが、まあ用は済んだんだし一眠りして帰るか。俺達は貧しい夕食を取って寝た。

昨日と全く同じルーチンだ。

「うぅぅ、重いよう～～～」

「無理をしなくていいぞ。運ばなくてもペナルティはないんだから」

「だ、大丈夫ですよぉ。頑張れ、私」

エラが鉱石の重みに声を上げるので下ろすように言うとそれは拒否された。随分元気になったようだ。現金とも言う。翌朝、俺達は朝食を食べると鉱石を纏めた。山羊には行きに持ってきた食料や水の代わりに、一頭当たり三十キログラム程度の鉱石の入った麻袋を積んでしっかりと縄で留めた。

また、俺を含むクルト以外の各自には麻袋に十キログラム分の鉱石を詰めて運んでもらう。これは強制ではないが、銀貨十枚の追加報酬に全員運ぶ事にしたようだ。また、魔物との戦闘に入った場合は、各自の判断で投げ捨てても構わない、倒した場合には拾えばいいだけだし、逃げる場合は命の方が大事だろうとも言ってある。

最後にクルトだが、山羊と同じ麻袋を二つ担がせると、まだまだ余裕そうだった。ハッキリ言って頭は良くないので、もし戦闘があればその都度麻袋を捨てるように指示しなければいけないだろう。これで全部持ち帰れれば、二百八十キログラムくらいか。選別が適切なら金貨十四枚（百四十万円）くらいになるだろう。まあ、最初からそこまで上手くいくとも思えないが。

銀蟻群《シルバー・アンツ》

帰り道、八区の間は巨大蟻三匹の群れに出会ったが、その場をそそくさと離れると追ってはこなかった。巨大蟻地獄《ジャイアント・アントライオン》の巣の横を通ったり、飛んでいく巨大羽虫をやり過ごしたりした事はあったが、行きに遭遇した洞窟芋虫や恐怖蟷螂《テラー・マンティス》には幸い遭う事はなかった。

二区では探知スキルをフル稼働ではあったが、他の魔物を避ける為に仕方なく通常サイズの飛蝗《バッタ》の群れに囲まれる事があった。予《あらかじ》め分かっていたので全員に松明を二本ずつ持たせて焼き払ったが、山羊を含めて全員あちこちを噛まれて傷は浅いながらも血だらけになってしまった。

□

そんなこんなで『迷宮門』まで戻る事ができたが、その日の迷宮書記官の当番はカスパルさんだった。全員血塗《ちまみ》れで心配されてしまったが、見た目よりも軽傷だと言って安心させておいた。ペルレの街に出ると丁度迷宮に入って三日目の夕方だった。

「ああ、みんなお疲れさん。これが報酬だ。次もあったら頼むよ」

「レンさんよぉ、次ってまたすぐ潜るのかい」

「まあ、これにちゃんと値が付いたらな。なんにしろ迷宮の真《ま》っ暗闇《くらやみ》にはうんざりだから、数日はゆっくりしたいね」

「じゃあよ、また潜るんだったら声掛けてくれよ」

『幸運のブーツ亭』の馬小屋までみんなで鉱石を運んだ後、その場で報酬を支払って解散しようとするとインゴがそんな事を言ってきた。

「怖い思いもしたけど、全員無事だったしね」

「ああ。アンタの指示は正しかったと思う」

「フヒヒッ、旦那。あっしもお願いしやすよ」

「まあ考えておこうかのう」

エラ、ヨーナス、ディルクがそれに同調し、フリーダは保留だった。そうして俺達は別れた。

俺はクルトを連れて馬小屋まで行くと、夕食用に芋と蕪の袋を渡して山羊と鉱石の番をさせた。

俺とヴァルブルガが宿の食堂に入ると、給仕のニコルちゃんが声を掛けてくれた。

「レンさん、ヴァルさん、お帰りなさい。夕食でしたら席に着いて待っっててくださいね」

「ああ、頼むよ」

迷宮の中では碌な物を食べていないので、久しぶりにまともな食事にありつけると思うとほっとする。それにこの食堂は特別に部屋の中を明るくしているわけではないが、それでも迷宮の中で自分達の持ち込んだ松明だけの夕食よりずっと明るくて気分も高揚してくる。もちろん、ニコルの明るい笑顔でも癒《いや》される。

「ご主人様はニコルやアリス殿のような子供っぽい娘が好みなんだな」

「いや、元気のいい子と話すとこっちも元気になりそうじゃないか」

ヴァルが不機嫌そうに言ってくるが、俺ロリコンちゃうし。

まあ、二度目の迷宮でヴァルも疲れが溜まっているんだろうな。ここは一つ、無事な帰還を祝ってちょっとばかり豪勢にやるのもいいか。一度目はエラの負傷もあってそんな雰囲気じゃなかったし。

「よし、ヴァル。ここは俺の奢りだ。無事の帰還を祝っていつもより一品追加していいぞ。何がいい。肉か、デザートか、それとも酒か」

「お、よろしいのかご主人様。私は奴隷だから私の食事はいつもご主人様の奢りだが、そう言っていただけるならお願いする。ニコル、何かご馳走はないか。甘味でもいいぞ」

喜色を浮かべて声を上げるヴァルにニコルが答える。

「あ、ヴァルさん。そういえば、昨日は鱒《ます》のパイだったんですよ。鱒を玉ねぎやにんじんと一緒にとろみのあるホワイトソースで煮込んでパイに包んで焼くんです。ちょっとスパイスも加えていて、いい香りと甘みもあって温まるって人気なんです」

マジか。昨日のすげぇ旨そうじゃないか。俺もそれを食いたい。

「なあ、ニコル。それって今日もあるのか」

「いえ、みんな美味しいって言ってすぐなくなっちゃうんです。あ、今日はローストベジタブルの日だからお肉はないですね」

「ご、ご主人様」

ヴァルよ、俺もすげぇガッカリしてるけどよ。そんな泣きそうな目で見てくるなよ。ニコルは俺達の様子に構う事なく話し続ける。

「追加だったらアップルパイはどうですか。秋に収穫した林檎が熟成してきて食べ頃ですよ」

俺とヴァルがメインのローストベジタブルを食べ終わり、追加のアップルパイを頬張っている時に、見た事のある金髪巨乳が食堂にやってきて無言で俺達と同じテーブルに着いた。そして出された皿にアップルパイがない事を見て取ると、俺に向かって言うのだった。

「旨そうじゃのう。なあ、レンよ。私とお主の仲でもあるわけじゃし」

冷たい目で美人神官がそう言うと、ニコルがメチャメチャ目を輝かせるのだった。おい、ニコル。鼻がちょっとプクっとなってるぞ。


次の日、俺はみんなの選鉱した鉱石を宿の部屋の窓の光の下で再確認する事にした。別に再選鉱して嵩《かさ》を減らそうと思ったわけじゃない。せっかく持ってきたんだからそのまま全部売ってしまおうと考えていた。だから、それをしたのは本当に偶然だった。

光の下で見ると、最初の袋に明らかにアントナイトとは異なる輝きを持つ金属が混じっていた。青っぽいのは同じだが、アントナイトが暗い青なのに対して、それはもっと金属的な光沢のある青なのだ。まあ、ただのアントナイトのバリエーションかもしれないが。

その量は三十キログラム中僅かに百グラム程度、全体量の三%ぐらいか。それを見つけた俺はヴァルにも手伝わせて、持ってきた全ての鉱石をチェックした。それでその鉱石は全部で一キログラム弱くらい見つかった。俺はこの鉱石を背負い袋の奥底に仕舞い込んで、残りの鉱石と分ける事にした。こっちの方が高そうに見えたので、売るにしても別口にしたかったからだ。

「やあ、エゴンさん。アントナイトを採ってきたぜ」
「おお、レン。無事帰ってこれたな。ささっ、採ってきた石を見せてくれ」

俺はヴァルと二人で二十キログラムほどのアントナイトの鉱石を担ぎ、指輪の形の看板が掛かったエゴンさんの店を訪れていた。全部持ってくるのは値段の概算が決まってからでいいだろう。

エゴンさんは仕立屋のペーターさんから紹介された金細工師で、天然パーマなのか黒髪をチリチリにした四角っぽい顔の壮年のオジサンだ。ペーターさんとエゴンさんの関係は、ペーターさんがペルレ服飾に使う金属のボタンや飾りをエゴンさんが作っているという縁らしい。ペーターさんがペルレの仕立屋の顔役であるのに対して、エゴンさんも金細工師の顔役なのだという。

エゴンさんの店には大迷宮に入る前にもペーターさんと一緒に訪ねて、アントナイトの現在の相場や需要等を聞いておいた。ちなみに鍛冶師は主に鉄、金細工師が貴金属を扱っているのでアントナイトの買い手としては金細工師か貴金属を扱う商会となる。

さて、幾らになるか。

エゴンさんが麻袋の中身を作業台の上に載せ、アントナイトの鉱石を一個一個確認していく。見ていると拳の半分くらいの大きさの鉱石が左に、拳よりも大きい鉱石が右に積まれていった。俺が手元を見ているのに気づくと、エゴンさんは俺の方を見ずに左の山を顎で指して話し始めた。

「これくらいに割らないと、不純物が多くなるからな。アントナイトを溶かし出す前に砕かないといけなくなる。その分、値段は下がるぞ」

むぅ、確かに拳大に割って選鉱するとは聞いていたが、真っ暗な大迷宮の奥、松明の光の下で大勢でやっているとどうしてもバラツキは出る。

「迷宮の中で選《よ》り分けてるんだ、どうしてもバラツキは出るさ。たとえアントナイトが半分しか含まれてなくても、要らないわけじゃないんだろ」

「『宝石土竜』の仕事はもっとましな選り分けをしてたぞ」

「あまり厳しく言うから後続が出ないんじゃないか」

エゴンさんは渋い顔をするが、これは言ってやらなきゃいけない。採ってきても文句ばかり言われて値を下げられたんじゃ、やる気が失せるというもんだ。

□

「次からは、もっと気を付けるよ」

だが、まあ喧嘩したい訳でもないので、少しは引いておく。掘削《くっさく》だけなく破砕にもクルトを使って、選鉱の方にもっと人手を回すか。だが、破砕中は俺が見張ってないと、砂みたいにされそうだからな。まあ次回、色々指示の加減を試してみるか。

エゴンさんは鼻を鳴らすが、そのまま仕分けを続けた。そうやって分け終わると、左の山と右の山の大きさは三対一くらいになった。

「左の山なら二十キログラムで金貨一枚。右の山は三十キログラムで金貨一枚だな」

「全部で三百キログラム近くあるんだ。全部買い取れるかい」

「ふん……。金貨十〜十五枚（百〜百五十万円）といったところか。ピーターから飾りボタンの注文はあったが、こんなには使わないな。俺が手元で寝かしといてもいいが、前に言ったダーミッシュ商会を紹介してやるから、買い取ってもらったらどうだ。明日残りを持ってくるなら、ここに呼んでやるよ。俺も金を預けてるから、金を持ってきてもらおうと思ってるしな」

「ああ、それで頼むよ」

この辺の話は採掘前からの既定路線である。金細工師の店一つだけでは、鉱石の需要もそんなにない。今回の探索でそれなりに投資もしたし、ノウハウも溜まった。一回で終わらせるのは勿体ないから、しばらくこれで儲けたい。ならば自分で客を探すより、大きな商会に買い取ってもらうのが手っ取り早いだろう。

ヴァルヒ商会が主に食品の大手商会なのに対して、ダーミッシュ商会は金属卸《きんぞくおろし》の大手商会だ。ペルレで使われる鉄や銅、錫《すず》や貴金属を鍛冶師や金細工師に卸したり、大迷宮がある以上、他の街より需要の多い武器やその他の金属製品等もペルレ外から仕入れてきて売ったりしている。

採掘前にもこの商会とはコンタクトを取りたかったが、エゴンさんに現物がないと話にならないだろうと言われて、諦めた。

その後、少し話して今回採掘してきた鉱石の配分をエゴンさんに六十キログラム程度、残りをダーミッシュ商会にという事にした。

とにかく、取引の本番は明日だ。

エゴンさんの店を出た俺とヴァルブルガは、ペルレの大通りに出て昼飯を食べる事にした。

俺はトビアスのオッサンの屋台を探した。屋台は大体いつもの所に出ていて、いつも通り結構並んでいる。早く並ばないとまた品切れになってしまう。


そそくさと並んだ俺達だが、隣の屋台を見て俺はちょっと引いた。カブトムシの幼虫のような虫が、丸まって数匹串に刺されて焼かれていた。ペルレでは虫食も結構一般的だが、俺は令和日本人の感覚を持っているので遠慮したい。こういう屋台で売っているような安い虫は、初心者冒険者によって二区で採取されているらしい。買い叩かれてあまり儲けにはならないので俺はやるつもりはないが。

なんとか俺達の番が来た時には肉巻が残っていたので、虫の串焼きを食べずに済んだ。トビアスに謎の金属について聞こうとも思ったが、まだ俺達の後ろにも人がズラリと並んでいるので止めておいた。端に寄ってトビアスの屋台が売り切れになるのを待つ。さて、なんと聞いたものか。知っているなら聞きたいが、知らないなら藪蛇になるし俺が持っている事も知られたくない。


「トビアスのオッサン」

「おお、レンだったか。アントナイトは見つかったのか」

帰り準備を始めたトビアスに、俺は声を掛ける事にした。いきなり、アレを聞くのもなんなので他の鉱石の在《あ》り処《か》を聞いてから、自然な流れでそっちに話を持っていこう。

「ああ、お陰さんでね」

「そいつは良かったな」

「だが、あまり高値にはならなくてな。人を集めた割には、大して儲かってない」

「そりゃ、初めから分かってた事だろう」

「そうなんだけどな。なあ、他にも銀とか金とかが出る場所は知らないか」

まあ、これはジャブだ。そんなの簡単に教えないだろうから。それからアレに繋げよう。

「知っとるぞ」

おいっ、知ってのかよ。

「おいおい、そいつを教えてくれよ」

「そりゃ無理だ。引退する時に情報は売っちまったからな。今じゃ、クラン『強欲地下妖精《グリード・コボルト》』や、『黄金王の腕』が囲《かこ》ってる」

「そりゃそうか。じゃあ、あそこで他の鉱石は出ないのか。あるいはアントナイトでももっと価値の高い奴とか」

「いや、あそこはアントナイトしか出ないぞ。そういえば色の薄いのが出た事があって、商会にもっと出ないかと随分せっつかれたんだが、その後は全然出なかったんだよな」

やっぱり、前も出ていたんだ。だが、全然出ないって。今回、一キログラムくらい出ていたが、それぐらいじゃ売買が成立しないって事か。

「ふ〜ん、どんなのかまだ持ってるかい。それに全然ってどれくらい出たんだ」

「いや、なんのかんの言って商会が持ってっちまった。量は全部で三百グラムくらいじゃねえか。もともとあそこは幅十メートルくらい掘ってたんだが、それを二十メートルまで掘ったんだぜ」

商会は欲しがっていたが、出なかったって事か。価値はアントナイトよりずっと高そうだな。俺は一回で一キログラム出たが運が良かったのか。それともたまたま、あとちょっとで出る所で諦めたという事か。あの広さはそのせいか。なんにしろ、トビアスのオッサンはこれ以上知らないだろう。

□

「商会ってのはダーミッシュ商会か」

「そうだぜ。俺達はほとんどダーミッシュ商会に持ち込んでいたからな」

明日会うダーミッシュ商会は、少なくともソレの正体を知っていたのだろう。ひょっとしたら今回のアントナイトの買取も、商会の興味はそっちにあるのかもしれない。う〜ん、やっぱり商会に会う前にもうちょっと調べておきたいな。

トビアスのおっさんが知っているのはこれで限界っぽいから、他を当たるか。

「ありがとよ。じゃあ、邪魔したな」

「おい、待てよ」

ん、俺がアレを持っている事に気づいたか。しつこく聞きすぎたか。

「ここまで話したんだ。屋台を家に運ぶのを手伝いやがれ」


俺達は前と同じようにトビアスの手伝いをやらされた。まあ、情報の価値から言えば安いものだが。まだ日は暮れてないし、もう一度エゴンさんの店に行って聞いてみるか。

だがエゴンさんは金細工師の顔役とは言っても、俺と商会だったら商会を取るだろうからな。かと言って、他に鉱石に詳しそうな知人はいないし。俺が歩きながら悩んでいると、不意に横を歩くヴァルブルガが小声で話しかけてきた。

「なあ、ご主人様。ご主人様は今朝、仕分けした綺麗な方の鉱石について調べたいのか」

「まあ、そうだな。何か知っているのか」

「いや、自信を持って言える訳ではないのだが。というか、こんな事を言って笑われるかもしれないが」

「う～ん、一応言ってみ」

「あれ、ミスリル銀じゃないか」

何《ホワッツ》？

「『輝ける太陽の翼』の物語でフリートヘルム王子が持っていた槍ゲープハルトの穂先が、ミスリル銀で青く輝く銀色だったハズなのだ」

マジか。

指輪がキーアイテムの小説では、鉄より硬くて軽くて金の十倍の価値があるっていうメジャーなファンタジー物質じゃないか。本当かよ。

それにしても、またそのキラキラ物語か。俺もそのうちちゃんと読もう。痛々しいが、結構この世界の事が出てるっぽいんだよな。

「おい、いつそう思った。それになんで黙っていたんだ」

「いや朝、日の光で見た時に思ったんだが、ご主人様がこれについては一切話すなと言っていたから」

うん、言った。金になりそうだったから、他に漏れるとマズイからね。

でも、俺には言えよ。

「なあ、ミスリル銀ってどれくらい珍しいんだ」

「う～ん、私は見た事はないが、王族や上級貴族なら家宝としてミスリル銀の剣や鎧を持っているのではないか。後は名のある騎士や冒険者なんかも持っている者はいると思うぞ」

なるほど、騎士全員がミスリル銀で武装してるというほどでもないが、家宝の名刀レベルでまあまあ保有されているという事か。それなら大手や老舗の武器屋でも置いてそうだな。一見《いちげん》の客に見せてもらえるとは思えないが。

今回採掘した製錬前の鉱石が約一キログラム。製錬して五百グラムだとしても金と等価なら金貨二十五～五十枚。うん、これが本当にミスリル銀なら最低金貨五十枚（五百万円）以上になるのではあるまいか。皮算用は止めよう。これがミスリル銀と決まった訳じゃあない。

それでもこれが産出量の少ない高価な鉱物で、それを俺が独占できれば一気に上がりに近づくんじゃないか。

ああ、そうか。これが本当に希少鉱物なら今のような少人数では守り切れないから、他の資源を囲っている冒険者達のようにクランを作ってガッチリ囲い込まなくてはならないな。うん、夢が広がりんぐ。

□

俺とヴァルはその後、日が暮れるまでペルレの武器屋回りをしてみたが、鉄の剣しか見せてもらえなかった。ただ見せてくれと言っても見せてもらえそうもなかったので、名前は出せない王都の貴族の指示で今度元服（成人）する嫡男の守り刀を探している、という小芝居までしたんだが本当にないのか胡散臭《うさんくさ》かったか。

もう諦めて宿に帰ろうとした時、顔見知り二人を見掛けた。一人目はディルク。丁度、大通りの外れで見掛けたが、向こうはこちらに気づいていないようだった。彼は最初に会った時の酒場『酔いどれ狸亭』で見たチンピラ達に肩を組まれて裏通りへと連れ込まれようとしていた。だが、気にはなるがヴァルだけだと不安もあるし、自分が怪我してでも助けるほどの義理もなかったので、無事を祈りつつ黙って彼の後ろ姿を見送った。

「あっ、レンさんとヴァルさん。お久しぶりですぅ」

「どうもアリスさん。ご無沙汰《ぶさた》しています」

二人目は日本からの転移者アリスだった。前に俺が渡した物ではなく、赤や黄色の華やかな柄の外套《マント》を着ているが、中はセーラー服のままのようだった。外套の隙間から覗く太腿が艶《なま》めかしい。

今は同じ宿には泊まっていないが久しぶりだからと『幸運のブーツ亭』で一緒に夕食を取る事になった。今日はウサギのミートパイなので当たりの方だ。

近況をお互い話す傍ら、仲間に凄い武器を持っている人はいないか聞いてみるとあっさり、答えが返ってきた。

「うん、コルドゥラさんがミスリル銀の剣を持ってるよ」

俺にもご都合主義が来たか!?

まあ、トップ冒険者なら持っていてもおかしくないか。

アリスにはパーティーメンバーに会わせてもらえないかと聞いてみたが、明日の夜なら大丈夫そうだとあっさり了承してくれた。

他にもアリス達のパーティーがどっちに行っているのか聞くと、三層の二十一区まで行っていたようだった。三層まで行くと八区のあの恐怖カマキリより恐ろしい魔物がいるようで、絶対行きたくないと思った。まあリターンも法外なようだが。

うん、アリスってすんごい情報源だよね。縁は是非とも繋いでおこう。俺達はアリスが帰るのを見送ると、その日は休むのだった。

□

翌日、まずは金細工師エゴンさんの店に行って鉱石六十キログラムを売り、金貨二枚と銀貨七十五枚を受け取った。そして、そこで二十代と思われる切れ者系の青年、ダーミッシュ商会のユリウスさんを紹介された。なんと彼はダーミッシュ商会の会頭の次男で、秘書か何かと思われる男と護衛二名を引き連れていた。

ユリウスさんは残りを買い取る事を約束してくれ、宿に荷馬車を出して引き取りに来てくれた。

俺は一旦宿に戻り、鉱石を引き取りに来たダーミッシュ商会の荷馬車と一緒に商会に行ってそこで取引を行った。それとなく、とは言い難いくらい他に何か採掘されなかったか聞かれたが、現時点では通常のアントナイト全てを引き渡してそれで全部です、と言っておいた。

二百キログラム以上の鉱石の引き渡しとその品質チェックでその日は暮れた。鉱石は全部で金貨八枚（八十万円）、凡そエゴンさんの店の八割で売る事になった。まあ直売じゃないし、金細工師への流通を考えるとそれでもいい方か。お昼は豪華ではないが、『幸運のブーツ亭』と遜色《そんしょく》ないお昼をご馳走になったし。

ダーミッシュ商会を出た俺とヴァルは、その足でヴァルヒ商会を訪れ一本銀貨二十枚（二万円）くらいする酒を買った。それを持ってアリス達トップ冒険者集団《パーティー》『財宝犬』の宿、『金狼亭《ゴールド・ウルフ》』を訪れた俺達は、『財宝犬』のフルメンバーの食事中に突撃する事になった。席の端ではアリスがニコニコ笑いながら手を振っている。

初コンタクトの感触は悪くない。俺達はペルレに来る途中でアリスに助けられただけだが、あちらは道に迷っていたアリスの世話をしてここに連れてきたという解釈をしてくれている。

「君達も迷宮に潜っているんだろう。なぜ、アリスちゃんを勧誘しなかったんだい」

「力の差がありすぎますので。彼女を雇うにしても資金が続きませんよ」

俺がそう答えると、リーダーらしいマッチョ戦士のマルセルさんは満足げに頷いた。『財宝犬』

としてもアリスの戦力は望外の幸運だったらしく、遠慮して彼女を手放した判断も俺の株を上げる事になったらしい。

『財宝犬』のメンバーはマッチョ戦士が二人、細マッチョ斥候が一人、元紅一点の治癒魔術師に魔法剣士のアリスを加えた五人である。事前にアリスに聞いた話では、アリスが入る前は上品な色気を持つ長身巨乳美女治癒魔術師クーニグンデさんの逆ハーレムで、男性陣の好みは彼女のような大人の女なのでロリ寄りのアリスはマスコット扱いだそうだ。いや、聞いてないがな。

クーニグンデさんはフリーダ並みのボンキュッボン美女な上に笑顔があるんだよな。そりゃモテるだろう。フリーダも、もうちょっと笑顔があれば。いや、フリーダは笑顔なくてもモテるか。いや、そんな事よりいい感じで場が盛り上がってきたので、本題を切り出す。

「ところでコルドゥラさんがミスリル銀の素晴らしい剣をお持ちだと聞いたのですが。酒の席で不《ぶ》躾《しつけ》だとは思いますが、商人として後学の為どうしても至極の逸品を拝見したく、なんとか見せていただけないでしょうか」

そう言って深く頭を下げた俺に、コルドゥラさんは満面の笑みを浮かべる。

「HaHaHaHa！　そんなに畏まる事はないぞ。よく頼まれるし、隠してる物でもないからな。まあ、見てくれ。凄いだろう？」

コルドゥラさんは身長一九〇センチメートルを超えるマッチョの三十男だが、目のクリクリした子供のような顔をしている。凄いだろうなんて言う自慢にも嫌味がない。多分、貴族の家を継げない三男とかなんだろう。くそ、金も才能もあって苦労してないから性格もいいのか。日本ならスルッと東大入った上に、親の会社の子会社の社長にスルッとなる傍ら、趣味にも充実した日常を送っている感じか。そんな余裕のある男コルドゥラさんは初対面のしがない商人でしかない俺にも微笑みながら、頼みを快諾してくれる。戦いもせずに負けた気分だ。

そうして見せてもらった剣は色としては銀色に見えるが、よく見ると青み掛かり、しかも僅かに発光しているようにすら見える。ただし、刃先だけでそれ以外は鉄なのか黒銀色をしている。ミスリルは硬いが軽いから、重さの必要な剣は刃先だけで刀身は鉄なのだろうか。

なんにしろ、俺の背負い袋の奥底の鉱石によく似ていた。目利きに自信のない俺だが、これは間違いないように思える。つまり、あの鉱石の取り扱いはさらに気を付ける必要が出てきたという訳だ。俺が隣のヴァルを見ると、彼女もこちらを見たので互いに頷いた。彼女にも同じ鉱石に見えたのだろう。

俺は心の中でゴクリと喉を鳴らし、礼を言ってまた元の何気ない話に戻ってその場をやり過ごした。そうしていい頃に暇乞《いとまご》いをすると、それまで直接話をしなかった細マッチョ斥候リーヌスさんが、

「君らも大変そうだね。頑張れよ」

と言ってきた。まさか俺がミスリル銀を持っているのがバレたのか。背筋が凍ったが、何がとは

聞かずに曖昧《あいまい》な礼を返してその場を立ち去る事にした。

『金狼亭』を出た俺とヴァルは、いい時間なので真っ直ぐ『幸運のブーツ亭』に戻った。『幸運のブーツ亭』の夕食はキャンセルしておいたが、野菜スープに黒パンぐらいだったようなので別段損した気にはならなかった。

□

『財宝犬』との飲み会の翌朝、俺は前日までの収支を纏めてみた。売り上げが金貨十枚と銀貨七十五枚、それに対してインゴ達やディルクらの人件費が金貨三枚と銀貨十枚、山羊や機材が金貨二枚と銀貨三十枚、食料や消耗品が金貨一枚ぐらいで、儲けは金貨四枚と銀貨三十五枚（約四十三万円）くらいか。

数日ゆっくりするとは言ったが、迷宮を出てこの二日の宿代だけでも銀貨五十二枚が飛んでいくし、食費や山羊の餌代も掛かっているので、あまりゆっくりもしてられない。インゴ達に連絡を取って明日か明後日くらいにもう一度潜るか。

昼頃に冒険者ギルドに顔を出すと、あの話しかけんなオーラを出している美人受付嬢イルメラさんが、『命知らずの狂牛団』ではないならず者達に絡まれていた。まあ、狂牛団は全滅したから絡めないか。

普段通りの冒険者ギルドでホールに並んだテーブルを見回すと、インゴ達がいた。インゴ達三人だけでなくディルクとフリーダもいる。丁度いいので明日か明後日にまた採掘に行かないかと誘うと、明日行こうとなった。

彼らは金がないので昨日、一昨日も昼に来て俺を待っていたようだ。もし今日、俺が来なければ、彼らだけで二区に入って食用の虫の採取をしようとしていたらしい。まあ、馴染みの彼らがいつの間にか欠ける事がなくて良かった。


彼らの日当を買い叩いている手前、その日の昼食代を奢ってから、俺とヴァルブルガは飯を食わずに冒険者ギルドを出た。冒険者ギルドの飯はあまり旨くないし、明日また迷宮に潜るなら彼らと話して時間を使うより、一人でのんびりしたかった（ヴァルブルガは護衛なので別）からだ。

旨い飯と言って思いついたのは、この街に着いた時に林檎を卸したレストランだったのでそっちに何気なく足を向けた。俺とヴァルは街で活動する時は、商談用の服として割と小ざっぱりした服を着ている。ただそのレストランが貴族や豪商のような衣装でないと入れないと言うなら、諦めて別の店に入るつもりだった。

だが、俺はその店でバックハウス男爵とその娘さんと昼食を取る事になった。店に向かう途中で通り過ぎていく馬車の中にバックハウス男爵を見つけ、相手もこちらを見たので近づく事なくその場で腰を折ってお辞儀をしたところ、馬車が止まってレストランまで拉致《らち》されたのだ。

男爵にはまた迷宮の話を強請《ねだ》られたので、ミスリル銀（推定）の話を抜いて大雑把に話してみた。迷宮の地下河川や巨大なカマキリの話は盛り上がり、アントナイトについては男爵もそれを使った装飾品や調度品も持っていると嬉しそうに話していた。

なんでこんなに気に掛けてくれるのか聞いてみると、農園の立地上迷宮に興味があるものの普通の冒険者は柄が悪くて、ぶっちゃけ怖そうで話を聞けなかったらしい。確かに冒険者の戦士なんて、身長二メートル近い巨人ばっかりだし怖いだろうな。まあ、俺は冒険者じゃなくて商人だし、中肉中背で怖い見た目ではないだろう。

男爵は農園を経営しているとはいえ、コースフェルト伯爵から借りているだけで、純粋な兵力はゼロ。今日も農夫の中で腕っぷしの強そうな男を五人ばかり護衛兼荷馬車の御者として連れてきただけと言う。専業の戦士には縁がないのだが、もし王やコースフェルト伯から兵役が課せられると、貴族として兵力を出さなければいけないので困ってしまうらしい。

「もし、兵役があったら君に兵集めを任せて、ついでに管理もしてもらおうかな」

そのふくよかで平和的な笑顔と共にそんな事を言われてしまったが、目の奥は結構真剣に言っているようにも見える。あれ、ゴルトベルガー伯爵家に続いてバックハウス男爵にも緩く囲われそうになっている？

俺、商人ですよ。傭兵隊長とかじゃないんですよ。

「レンさんは他の冒険者と違って物腰も柔らかいですし、何より臭くありません。その上、それだけの武勇をお持ちですもの、その際はお願いしますね」

だから冒険者ではなく商人です。男爵のふわっとした依頼に援護をするのは男爵の娘、つまり男爵令嬢ゲアリンデである。ちょっと顔にソバカスの浮いた、デブではないがふっくらした穏やかそうな少女だ。ふっくらと言えばエラだが、彼女は生々しいエロい感じで脂が乗っているのに対して、ゲアリンデはどちらかというとぬいぐるみのようなファンシーな感じでふっくらしている。デブではないが。

「いえいえ、私は商人ですし、頼りない限りでお恥ずかしいです。それでも、男爵様にお声掛けいただければ非才ながらも、できうる限りの事をさせていただきますとも」

とにかく俺の返事としては、限りなくノーに近いイエスしかないのだった。微妙に緊張する昼食を終えた俺は、男爵一行をお見送りすると『幸運のブーツ亭』に戻って、久しぶりに部屋に大桶《おおおけ》を運んでもらって風呂に入った。温水が気持ちよく、俺の心の疲れを癒してくれるようだった。

翌日、俺達は再び迷宮に入った。

□

二回目の探索は帰路の途中まで順調に進んだ。幸運にも恐怖蟷螂等の大物にも遭遇せず、探知スキルで二区の虫の群れ《インセクト・スウォーム》や八区の大蟲《ラージバグ》も全て避けて前よりは四時間早く『採掘場』まで到着できた。

『採掘場』で一泊した後、どっちにミスリル銀の鉱床が続いているか調べる為、五か所を選んで特に狭く深く掘り進んだ。残念ながら洞窟の暗さの中、ランタンや松明の明かりだけではミスリル銀かアントナイトかは見分ける事ができなかったので、採掘した場所によって五つに分類して、前と同じように青い金属を全て持ち帰る事にした。

だが迷宮に入って三日目、異常は帰路に発生した。『採掘場』付近から巨大蟻がすっかりいなくなっていた。遭遇しない事はいい事だが、遭遇しなさすぎた。俺の探知スキルによるとどうやら八区全体に薄く広がっているようだった。

俺は異常行動する蟻達に危険を感じ、帰路を急がせた。だが、二区との境界である地下河川まであと一時間といった所で、酷く傷ついた一匹の蟻を見つけた。俺達はその蟻から三歩の距離を空けて囲んで見下ろす。

その蟻は体色が黄色というかオレンジ掛かっており、黒や灰色の体色の他の蟻とは明らかに違っていた。ただ、それは腹が裂けて体が半分しか残っておらず、ほとんど千切れた足を使って体を引き摺る奇妙な動きをしていた。

「なんでこんなになってんだ」

「多分、向こうのもう一匹と何かあったのだろう。そっちも見に行こう」

インゴの疑問に俺はそう答えた。他の者は気づいていないようだったが、蟻から十メートル離れた所にもう一つの弱った生き物がいた。俺の探知スキルは、三十メートルは手前から二つの弱った生き物の気配を知らせていた。ただ直接の危険度の低さから、他の危険な生き物を避ける方を優先しここまで来てしまった。

俺達がもう一方の所に行くと、羽の片側だけで二メートルはありそうな巨大な羽虫が転がっていた。これは一回目の採掘探索で見た巨大蟻を吊るして飛んでいたヤツだ。

ただ片方の羽は千切れ、もう片方の羽は真ん中で二つに折れ、腹からオレンジ色の体液を流している。

「虫同士で争ったのかのう」

フリーダの呟きには、皆が無言で同意した。


「とりあえず、コイツ殺しとこうか」

気づくと、いつの間にか蟻の元に戻っていたインゴが槍を振り上げ、その穂先で狙いを付けていた。背筋が凍り、頭の中に警報が鳴る。それはダメだ。

「待て、離れろ。絶対に手を出すな。ゆっくりと離れてこっちに来るんだ。余計な事はせずに、さっさとここを離れるぞ」

インゴは拍子抜けしたような顔をするが、槍を下ろしてこちらにやってくる。ふぅ。ヤバかった。

さっきまで危険はほとんどなかったのに、アレを殺そうした瞬間危険度が一瞬で増大した。俺達はそのままそこを離れる。

他の者達は気にしていなかったが、俺は日本にいた時の知識から蟻の動きがミツバチが仲間へ送る合図に似ていると思った。そして蟻からは『危険』だとか『攻撃』だとか『敵』という凡そ平穏とは掛け離れた意図を感じた。

多分、巨大蛾に殺されそうになった蟻が仲間に何か信号を送っており、それを受けて採掘場近くにいた巨大蟻達がこちらに探しに来ようとしているといったところか。あと二～三時間後にこの辺りは蟻だらけになるんじゃないだろうか。早くここから離れよう。

□

地下河川近くまで来た時、二回目の異常に気づいた。悪意のある二十七の反応が河川の向こう側にあるのに気づいた。魔物ではない。多分人だ。明かりも点けず、ほとんど動いていないので、そこを通ろうとする者を待ち伏せているのだろう。そして、その悪意はディルクにリンクしているような気がする。

実は今回の探索では最初からディルクに隠された悪意を感じていた。すぐに攻撃してくるようなものではないが、何か罠を仕掛けているような気がしたのだ。どうやら河川の向こう側の追剥たちを手引きしたという事のようだ。

単純に石橋を渡れば囲まれて殺されるだろう。だが待っていても俺たちが行くまで帰りはしないだろうし、時間を掛ければディルクが何か合図を出して呼び寄せるだろう。この道を諦めて迂回路を探すのも食料や明かりの消耗で運頼みとなる。幅の狭い石橋の前に陣取って戦えば、こちらが少数を囲む形で有利になるが人数差でこちらが疲弊するのが先だろう。

もっと楽に撃退できないものだろうか。

「全員止まれ。河川の向こう側に何かいるようだ」

まずはディルクに下手な事をさせないよう、待ち伏せだとまで気づいていないフリをして、何かいるというところで留《とど》めておく。今、合図を送られてすぐに渡ってこられたら困るからな。

「気のせいじゃないですかい、旦那。さっさと帰りましょうよ」

少しわざとらしい感じでディルクが進もうと言ってきた。これは確定だろう。

「いやディルク、念の為何かいないか見てきてくれないか。俺達はお前が帰ってくるまで、ここで待っているから」

「え～～っ、分かりましたよ。ちゃんと待っててくださいよ」

今、嫌そうな声を出しつつ、どうするか考えていたな。そして恐らく、行って向こうに俺達がいる事を話してから、何もいなかった風を装って帰ってくるのだろう。だが、俺達はコイツが帰ってくるのを待ちはしない。

□

「くっそぉーーーっ、あああーーーっ！」
戻ってきたディルクは河川の対岸で、岩の上に置かれた松明を見て怒りの咆哮《ほうこう》を上げた。彼が周囲を見回すと洞窟の奥へと戻っていく幾つかの明かりが見えた。

ディルクにレン達の襲撃を手引きさせたのは『炎狐団《ファイヤー・フォックス》』というゴロツキ達だった。あの『酔いどれ狸亭』でディルクに暴行を加えていた者達で、彼が大迷宮から帰った後に拉致し、まだ誰にも囲われていない資源が見つかったと聞き出したのだった。彼らとしても迷宮内で見つかった資源の情報というのは魅力的で、物によってはこれを押さえて組織を大きくし、裏社会での勢力を広げられる事すらある。彼らはレン達を捕らえてアントナイトの鉱床の場所を聞き出し、レン達を殺して情報を売るか、レン達に採掘させてみかじめ料を取ろうと考え、ここで待ち伏せていたのだ。
その団長は赤い長髪を鬣《たてがみ》のように後ろに流し、腰には凶悪そうな曲刀《シミター》を佩いた長身の男ザシャ。残酷さで悪名を馳《は》せ、追剥・強盗も躊躇なく行うだけでなく、被害者は生きたままその曲刀で甚振《いたぶ》られる事もある。副団長は身長二メートルの浅黒い肌のハゲマッチョ、ローマン。この男も腰の片手斧で襲撃相手を切り刻むのを好み、『肉屋《ブッチャー》』の異名を持っている。ディルクも『炎狐団』がそんな狂暴な悪党だと分かっているので、獲物を逃がしたとなれば、彼の命も危ういと分かっている。なんと命乞いするか必死だった。

何か声が聞こえた気がしてレンは後ろを振り返った。彼から三百メートルは離れた所で二つの明かりが見え、その一方が大きく揺れていた。恐らく彼らが川岸に置いてきた松明の所まで、ディルクが戻ってきてレン達がいないのに気づいたのだろう。ディルクが持っているであろう明かりは忙《せわ》しなく動き回っているので、川の対岸へと何か合図を送っているのだろう。

俺の作戦は単純だ。なるべくあの死に掛けて仲間を呼ぶ蟻の近くに鉱石等の荷物を下ろし、俺達はそこからなるべく離れる。きっと荷物の所に明かりを置いておけば、ディルク達はそこを目指してやってくるだろう。

俺達がいない事を不審に思うかもしれないが、奴らが狙っていた鉱石があるならわざわざ俺達を追うよりも、鉱石を運び出そうとするに違いない。だが、山羊もいないのでそう簡単に運び出せないだろう。

そうこうしているうちに蟻に包囲され、自分から手を出して敵認定され、目出度《めでた》く肉団子の材料として巣に運ばれるだろう。俺達は探知スキルで蟻の包囲を抜け出し、また蟻達が採掘場の方に戻った後に鉱石を運び直すだけだ。

□

あれから三時間、俺達は山羊を連れて川下側に避難し、蟻達が帰るのを待っていた。

「ご主人様、まだ戻らないのだろうか」

いだろうか。

「まだだ」

ヴァルブルガの問いに俺はその場に座り、目を瞑《つむ》ったまま答える。どうだろう、切れ者軍師っぽ

探知スキルで探っていくと、やはり荷物を置いた辺りで追剥達と蟻の戦闘があったようだが、そ れももう終わっている。蟻達は反応の薄い、恐らく傷つき弱った蟻は置いていくようだ。そういう 意味ではあのオレンジ色の蟻は何か特別だったのかもしれない。

まだその辺りに生き物の反応はあるが、そのどれもが弱っていてその場を動かない。さすがにそ れが蟻なのかゴロツキなのか、あるいはあのオレンジの蟻かは俺にも区別できない。だが、まあそ れでも危険は去ったようだった。

俺達が鉱石を置いた場所に戻ったところ、蟻の死骸はあったが人の死体はほとんど残っていな かった。多分、肉部分は蟻に持っていかれたのだろう。武器や服、銅貨等が散らばっている。纏め ていた鉱石もゴロツキ達が持ち帰ろうとしたのか、半分くらいが元の場所からなくなり、別の場所 に散らばっていた。それらをなるべく回収して、俺達は再び帰路へと就《つ》いた。

「ん？」

俺達は十メートルはある大きな横穴の片側を地下河川にかかる石橋に向かって歩いていた。その 周囲に強い生き物反応はない。ないのだが、妙な不安感を覚えた。何かあるのか。

「止まれ」

俺は他の者達に呼び掛けた。どこだ。理由を問いたげな視線を無視して周囲を必死に探す。すると先頭、壁側を歩くインゴのさらに壁側、蟻地獄のような砂というか砂利の窪み、とはいえ二メートルの巨大蟻を引き込むような大きなものではなく、その半分程度のものがあった。

これまでもそんなものは沢山見てきたので、危険を感じなければ無視してた。だが、今はそれがとても気になり緊張する。インゴは自分が見られているのと思ったのか、こっちを見ている。なんだか分からないが、とにかく離れさせよう。だが、その判断は遅かった。


「そこから離れろ」

「なんだよ」

俺とインゴの言葉は同時に出た。だが、その時砂利の山から曲刀が飛び出し、インゴの背中から肋骨の間を通すように差し込まれて腹からその切っ先が突き出した。

「きゃあ～～～っ!」

エラの悲鳴が洞窟内で響く。なぜ、この男に気づかなかったのか。待ち伏せなどをしている奴だから、探知スキルを掻い潜る隠密スキルのようなモノを持っているのだろうか。

「フリーダ、牽制《けんせい》しろ。ヨーナスはインゴの手でも足でも引いて、引き離せ」


びゅん。